LES

DISTILLERIES PERFECTIONNÉES

MONTÉES

PAR LA

MAISON D. SAVALLE FILS ET CIE

POUR TRAVAILLER

les Vins, les Betteraves, les Maïs, les Grains
les Mélasses, les Pommes de terre, les Topinambours
les Garances
les Résidus de Féculeries, les Cannes à Sucre
les Caroubes, etc., etc.

BREVETS EN FRANCE ET A L'ÉTRANGER

MAISON POUR LA VENTE DES APPAREILS
A PARIS
64, Avenue de l'Impératrice, 64
OFFICE A LONDRES
CORRESPONDANTS ET REPRÉSENTANTS A L'ÉTRANGER
1870

LES

DISTILLERIES PERFECTIONNÉES

LES

DISTILLERIES PERFECTIONNÉES

MONTÉES

PAR LA

MAISON D. SAVALLE FILS ET CIE

POUR TRAVAILLER

les Vins, les Betteraves, les Maïs, les Grains
les Mélasses, les Pommes de terre, les Topinambours
les Garances
les Résidus de Féculeries, les Cannes à Sucre
les Caroubes, etc., etc.

BREVETS EN FRANCE ET A L'ÉTRANGER

MAISON POUR LA VENTE DES APPAREILS
A PARIS
64, Avenue de l'Impératrice, 64
OFFICE A LONDRES
CORRESPONDANTS ET REPRÉSENTANTS A L'ÉTRANGER
1870

MÉDAILLE D'OR A L'EXPOSITION UNIVERSELLE DE 1867

DIPLOME D'HONNEUR

AU HAVRE 1868

CONCOURS RÉGIONAL DE NANCY, EN 1869

MÉDAILLE D'OR

IMPRIMERIE CENTRALE DES CHEMINS DE FER. — A. CHAIX ET Cie, RUE BERGÈRE, 20. — 2138-0.

CHAPITRE PREMIER.

Importance de la Distillation au point de vue agricole et de la prospérité générale.

La distillation est l'industrie agricole par excellence. Soit qu'elle se pratique dans la ferme ou qu'elle se fasse au dehors, elle fournit toujours à l'agriculture la nourriture la plus économique et la plus apte à l'engraissement du bétail. Elle produit de la viande à bon marché, elle procure en outre à un prix peu élevé et sur une grande échelle le fumier indispensable à une culture bien entendue, et elle restitue à la terre tous les éléments nécessaires à la conservation de sa fertilité.

La distillerie est l'auxiliaire le plus puissant de l'agriculture; des contrées arides ont été par elle rendues fécondes et florissantes. Les terres donnent, avec son aide, le maximum de production et de revenu.

Quand la mauvaise saison arrive et que les travaux des champs cessent, la distillerie est là qui procure du travail aux ouvriers des campagnes. Les hivers sont dans certaines contrées durs et pénibles à traverser pour les pauvres gens sans occupation; dans les pays où la distillerie existe, l'ouvrier n'a pas à mendier son pain, il peut gagner honorablement sa vie, car il a du travail comme en été. Nos voisins d'outre-Rhin ont mieux compris que nous l'importance des distilleries, ils en possèdent aujourd'hui à peu près 16,000, tandis que la France en compte à peine 700. Il nous reste donc beaucoup à accomplir dans cette voie.

C'est dans le but de faciliter l'étude et la création de ces établissements que nous écrivons cette notice. Nous avons aussi pour but de montrer aux distillateurs dont les appareils laissent aujourd'hui à désirer, tous les perfectionnements créés depuis dix ans, et nous voulons leur indiquer les bénéfices qu'ils réaliseront en modifiant leur ancien matériel. En agriculture comme en industrie, il est prouvé désormais que l'argent, intelligemment appliqué, rend largement à celui qui a eu confiance et qui ne s'est pas laissé arrêter par un sentiment de mesquine économie. Le progrès nous entraîne aujourd'hui; il faut marcher avec lui, imiter l'exemple du voisin qui transforme son outillage pour obtenir une production supérieure en qualité et en quantité, ou bien il faut se résigner au triste spectacle de voir les autres s'enrichir, tandis que soi-même on va à la ruine.

Les industries annexées aux fermes mènent à l'abondance et à la fortune; elles élèvent la production de la viande, dont la consommation devient universelle; elles répandent autour d'elles le bien-être et la prospérité et retiennent aux champs les bras dont l'agriculture ne peut se passer, malgré les admirables machines qui sont à sa disposition. L'avenir des distilleries rurales est donc immense. En Allemagne et en Angleterre, les grands propriétaires ont déjà prévu les résultats si féconds qu'elles doivent donner; ils montent aujourd'hui des établissements dont les appareils sont empruntés à notre système français. Que nos agriculteurs ne se laissent pas devancer par la concurrence étrangère, et qu'ils se souviennent que la distillation est une industrie éminemment nationale et qu'elle peut arrêter l'immigration si désastreuse des ouvriers des campagnes dans les villes.

CHAPITRE II.

Liste des 126 appareils Savalle montés depuis 1867.

Depuis l'Exposition universelle de 1867 jusqu'à la fin de mars 1870, il a été vendu cent vingt-six appareils Savalle, qui se répartissent comme suit :

I EN AMÉRIQUE :

L. Engel. . . . . à Caracas 1

5 EN ANGLETERRE :

A MM. Bernard et Cie. . . . . . à Leith (Écosse) 1
Macadam. . . . . à Liverpool. 1
Robert-Campbell . . . . à Buscot-Park (Berkshire) . . . 3

14 EN AUTRICHE :

J. Latzel. . . . . à Pawlowitz. 2
C. Leidenfrost. . . . . à Gêne (Hongrie). 2
Ed. Siegl . . . . à Szolcsan 1
Pokorny frères et Hugo-Jellineck . . . . à Pilzen (Rohême) 1
Paul Primavesi. . . . . à Olmütz 1
Karl-Kammel et Cie . . . . à Grusbach 2
Schultz et Pollack. . . . . à Falkus Dovoran 2
Camille de Laminet. . . . . . . à Gattendorf. 2
La Société anonyme Actien Fabrikshof . . . . à Temesvar 1

3 EBELGIQUE

Jules et Octave Clayes-Fiévet . . à Gand 1
Félix Wittouck (son troisième appareil). . . . . à Leeuw-Saint-Pierre 1
Le baron de Saint-Symphorien. à Mons. 1

A reporter. . . . 23

Report........ 23

16 EN ESPAGNE :

Marichalar....................	à Puerta-Santa Maria...........	1
J. F. et C. Barréda..........	Id..................	1
Raimon Jimenez............	Id..................	1
José de Bertemati...........	à Jerez de la Frontera..........	2
La Société sucrière péninsulaire	à Madrid......................	2
R. La Chica Rodriguez y Aurioles..................	à Grenade....................	2
Cecilio de Roda..............	à Albumol....................	1
Joaquin de la Gandara (directeur du chemin de fer de Saragosse).................	à Albacète..................	1
Larios et fils..............	à Malaga....................	2
Coralez Péralta..............	à Madrid....................	1
Pedro de Domecq..........	à Jerez de la Frontera...........	2

1 DANS LA CONFÉDÉRATION DU NORD :

Jules Wrede...............	à Berlin........................	1

2 AU BRÉSIL :

Munzer et Spann...........	Pour Rio-Janeiro...............	1
Juan Ollivella..............	Id..................	1

70 EN FRANCE :

Robert de Massy et Dècle.....	à Reaucourt (Saint-Quentin)......	1
Les mêmes..................	Un second rectificateur...........	1
Les mêmes..................	Un troisième rectificateur.........	1
Houvenaghel et Derousseaux..	à Salomé......................	1
Durand....................	à Ivry-le-Temple................	1
Le même (son deuxième appareil).................	à Bornel......................	1
P. Lejeune et Cie...........	à Argenteuil....................	2
Deschanvre et Cie...........	à Denain......................	2
Charles Droulers............	à Roubaix.....................	3
Charles Legrand............	à Sassy, par Jort (Calvados).......	2
Tilloy Delaune et Cie........	à Courrières (Pas-de-Calais)........	1
Les mêmes..............	Id..................	1

A reporter...... 59

	Report.....	59
M. Lamarque..............	à Juilles (Gers)..................	1
Léon Crespel (son deuxième appareil)................	à Quesnoy-sur-Deule.............	1
G. Marchandise............	à Frégicourt.....................	2
Alfred Pennelier............	à Laneuville-Roy (Oise)............	2
Réné Collette et Cie.........	aux Moëres-Françaises (Nord)......	2
Gomaux et Ce..............	à Tournes (Ardennes)............	1
Coeffier.....................	à Mantes.........................	1
Pasquesoone-Taffin et Cie....	à Gorgues (Nord)...............	1
Désiré Coisne et Cie..........	à Merville (Nord).................	1
Christmann, Stuhlinger et Schultz..................	à Colmar (Haut-Rhin)............	1
Chatriot - Walet, ferme de Trémonvilliers...........	près Saint-Just-en-Chaussée (Oise)..	2
J. Braconnier..............	à Chavagné (Deux-Sèvres)........	[illegible]
Régis Bouvet frères.........	à Paris (avenue de Choisy).........	2
Lejeune....................	à La Brosse (près Buzançais).......	2
Lignières..................	à Villeneuve-les-Chanoines.........	2
E. Vauvillé.................	à Toutifaut (Indre)...............	1
Delavigne..................	à Rouen (Seine-Inférieure).........	1
A. Mather et Cie...........	à Toulouse.......................	2
Victor Delgutte.............	à Saint-Pierre-les-Calais...........	2
Charles Legrand, pour agrandissement d'usine.........	à Sassy, près Jort (Calvados).......	1
Bernard frère et Leurent....	à Bordeaux.......................	1
P. Boulet, son 2me rectificateur.	à Rouen..........................	1
Aug. André..............	à Brissay-Joigny (Aisne)...........	2
Brangier....................	aux Estrées p. la Crêche..........	1
A. Collette.................	à Seclin (Nord)...................	1
Colombet Gibaud et Cie.....	à Avignon.........................	1
Dantu-Dambricourt et Durin.	à Quesnoy-sur-Deule (Nord)........	1
Duriez et Droulers..........	à Bourbourg......................	2
Paul Ernault...............	à Denizy.........................	3
Fretin et Ghestem...........	à Coppenansfort (Nord)...........	1
Gontard....................	à Courthézon (Vaucluse)..........	2
La Société de Ferrière-la-Grande	à Ferrière près Maubeuge.........	1
Lefèbre.....................	à Radinghem.....................	1
	A reporter.....	106

		Report.... 106
Mettavant..................	à Xiroux	1
Nitot et Racine.............	à Meaux.........................	2
Thiry frères...............	à	1
Vouters	à Haluin.........................	1
Denis, agriculteur...........	à Sommaing-sur-Ecaillon	1
	4 EN HOLLANDE:	
Kiderlen....................	à Rotterdam	2
J. et D. Twiss	Id	1
Les mêmes	Id	1
	4 EN ITALIE:	
Sessa, Fumagalli et Cie......	à Milan..........................	1
Meticke.....................	à Carvazéré par Rovigo...........	2
Le même, un troisième appareil..................	Id......................	1
	1 A LA MARTINIQUE :	
A. de Meynard...........	usine à sucre de la Dillou.	1
	1 AU PÉROU :	
Félix Denegri............	Hacienda de Chacavento.............	1
	1 EN PORTUGAL :	
Bell	à Buarcos	1
	1 EN SUÈDE :	
Tranchell................	à Landskrona	1
	1 EN VALACHIE :	
Demètre, Moraït...........	à Bucharest......................	1
	1 A L'ILE DE LA RÉUNION :	
Heweston	la Réunion	1
	Ensemble. . . . appareils	126

Le nombre total des appareils Savalle montés à ce jour, s'élève à plus de 500.

Le nombre des appareils d'autres systèmes, mis à la réforme et détruits pour être remplacés par les appareils Savalle, s'élève à plus de 300.

CHAPITRE III.

Appareils Savalle, pour la distillation des Vins, des Betteraves, des Mélasses, des Grains, des Cannes à Sucre et la production des 3/6 de Genièvres et des Rhums.

Les distillateurs ont généralement le tort de n'attacher qu'une importance secondaire au choix des colonnes distillatoires qu'ils se procurent ; il n'est cependant pas indifférent de prendre l'un ou l'autre système. Une colonne peut dépenser beaucoup de combustible ; la différence peut aller jusqu'à 33 pour cent, soit 1/3 de trop de charbon consommé, seulement pour la distillation. Certaines colonnes donnent des flegmes troubles et chargés d'acides ; ce produit est difficile à rectifier et laisse une proportion plus forte de 3/6 mauvais goût. D'autres colonnes, enfin (et c'est là le défaut le plus grave), perdent une partie de l'alcool qu'on leur donne à distiller, soit parce qu'elles sont mal construites, ou, et cela plus généralement, parce qu'elles ne sont pas pourvues des organes indispensables pour régler le fonctionnement du travail continu. L'alimentation des matières à distiller s'y fait d'une manière défectueuse, trop abondante par moment, ou insuffisante dans d'autres.

L'alimentation de la vapeur de chauffage est défectueuse, toutes les fois que l'on compte sur la main de l'homme pour la réaliser. En effet, l'attention la plus soutenue, la plus grande, n'obtient même pas la régularité de vapeur requise à un bon travail. Il résulte de l'irrégularité d'une distillation continue, toujours une perte, soit de charbon ou d'alcool. En effet, si la matière à distiller cascade, descend trop vite sur les plateaux de la colonne, cette matière n'est plus en rapport avec la vapeur chargée d'en extraire l'alcool, et cet alcool s'écoule, se perd dans les vinasses qui s'échappent à jet continu. Si la vapeur n'est pas assez alimentée, la même disproportion existe et la même perte d'alcool se produit. Ces diminutions dans le rendement alcoolique sont intermittentes, aussi échappent-elles la plupart du temps à l'observation des distillateurs qui, en fin de compte, en rejettent la faute sur la défectuosité des fermentations, ou sur celle de la matière première employée; mais parfois aussi, nous avons vu dans le Nord des accidents terribles, produits par cet alcool perdu dans les vinasses; témoin celui arrivé, il y a quelques années, à l'un des plus éminents praticiens du Nord, M. Hary, agriculteur à Oisy-le-Verger, où une cave traversée par un conduit de vinasses se trouva remplie de vapeurs alcooliques, et la quantité de ces vapeurs et leur richesse étaient telles, qu'en descendant dans cette cave avec une bougie, une détonation s'y produisit et la personne fut brûlée et mourut peu de jours après.

Il est donc indispensable, *pour obtenir un bon rendement alcoolique de se servir de colonnes distillatoires bien construites, et dont l'alimentation du liquide et celle de la vapeur soient réglées automatiquement,* et comme nous le disions, les fabricants ont pour la plupart encore beaucoup à améliorer cette partie de leurs distilleries.

Il est utile aussi, nous ajouterons même indispensable aux grandes distilleries, d'avoir deux colonnes distillatoires, afin de parer aux temps d'arrêts qui résultent du nettoyage de ces colonnes; car pour obtenir de bons alcools, il faut un appareil maintenu en parfait état de propreté.

Les colonnes distillatoires que nous livrons obvient aux défauts capitaux que nous venons d'énumérer par la grande surface de leurs chauffe-vins et leur disposition tubulaire. Ces colonnes dépensent très-peu de combustible, ensuite leur brise-mousse et leur chauffage régulier procurent des flegmes au degré désirable et entièrement débarrassés de matières fermentées acides. *Enfin, leur régulateur pour l'alimentation des jus à distiller et notre régulateur automatique de vapeur donnent la garantie de l'épuisement complet des vinasses, avec l'assurance d'un travail parfait et constamment identique.*

Voici la description de ces colonnes que nous établissons, soit entièrement en cuivre (figure 1), ou partiellement en fonte de fer (figure 2).

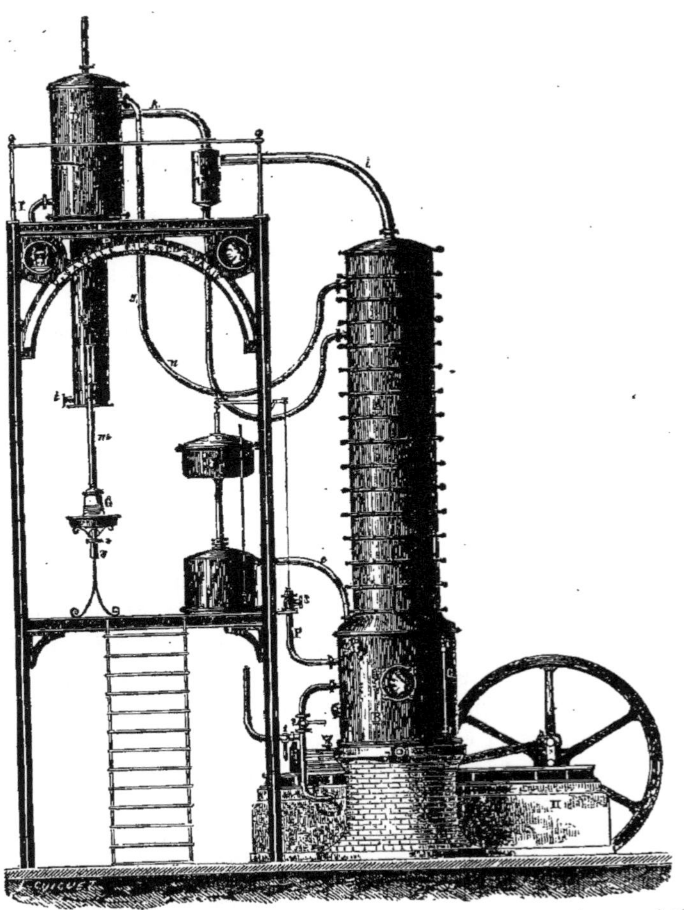

Fig. 1. — Colonne distillatoire en cuivre, avec chaudière formant soubassement et chauffage partiel par les vapeurs perdues de l'échappement de la machine.

A. — Colonne.
B. — Soubassement.
C. — Purgeur de mousse.
D. — Chauffe-vin.

E. — Réfrigérant.

F. — Régulateur de vapeur.

G. — Éprouvette indiquant le volume de flegmes produit, leur degré et température.

H. — Machine à vapeur de la distillerie, envoyant à volonté ses vapeurs perdues pour chauffer l'appareil distillatoire.

t. — Entrée des vins dans l'appareil.

j. — Entrée des vins chauds dans la colonne.

i. — *k*. Tuyaux à col de cygne pour les vapeurs d'alcool.

m. — Tuyau de sortie des flegmes ou alcools bruts produits.

s. — Tuyau conduisant les flegmes dans un réservoir.

o. — Tuyau amenant la pression de l'appareil au régulateur.

1. — Robinet d'échappement libre des vapeurs de la machine.

2. — Robinet de communication des vapeurs perdues de la machine dans la colonne.

3. — Robinet soupape du régulateur de vapeur, pour la vapeur provenant directement du générateur.

4. — Reniflard pour empêcher l'écrasement de l'appareil par le vide.

5. — Trou-d'homme.

6. — Indicateur de niveau de liquide.

7. — Robinet de vidange des vinasses.

Les matières à distiller sont élevées au moyen d'une pompe dans un réservoir situé au-dessus de l'appareil. Elles entrent en travail par un robinet de distribution qui vient s'adapter dans le montage en T. En passant dans le réfrigérant E, elles ont pour effet de refroidir les alcools bruts produits; plus loin, dans le chauffe-vin D, elles ont pour effet de condenser les vapeurs alcooliques, et en même temps qu'elles opèrent cette condensation, elles entraînent avec elles et rendent à la colonne toute la chaleur emportée de celle-ci par la vapeur d'alcool. Arrivées dans la colonne A, les matières sont soumises à la distillation, et parcourent un système particulier de plateaux dont le nombre varie d'après le travail auquel on les applique. Dans ces plateaux qu'elles suivent en descendant, elles trouvent à leur rencontre partant du bas de la colonne, la vapeur d'eau d'abord, puis des vapeurs de plus en plus riches d'alcool, à mesure qu'elles s'élèvent et traversent les couches de matières des plateaux supérieurs. Cette vapeur enlève tout l'alcool contenu dans la matière fermentée, et celle-ci sort de l'appareil par le robinet de vidange n° 7, à l'état de vinasses.

Nous avons laissé les vapeurs alcooliques au haut de la colonne : elles sortent de celle-ci par le col de cygne *i*, pour aller dans le brise-mousse C se purger des parcelles de matières qu'elles entraînent parfois mécaniquement ; — purgées, elles se rendent dans le chauffe-vin D, où elles se condensent en rendant leur calorique à une autre quantité de jus à distiller. Puis cet alcool passe par I pour se rendre au réfrigérant et pour sortir finalement par l'éprouvette G.

L'alimentation de la force, qui agit dans l'opération de la distillation par l'effet de la vapeur introduite dans la colonne, s'effectue avec une précision mathématique et proportionnelle aux besoins de l'opération ; notre régulateur maintient l'équilibre des forces et assure la régularité des fonctions. Aussi voit-on la distillation s'effectuer sans secousses, sans soubresauts, et fournir régulièrement un jet d'alcool continu, volumineux, à un degré élevé et peu variable.

La colonne Savalle répond aux diverses exigences de la distillation avec une régularité qui est la garantie d'un excellent travail.

Prix des Colonnes distillatoires, en cuivre rouge, munies d'un régulateur de vapeur

NUMÉROS des DIMENSIONS	PRODUCTION — VOLUME DE VIN DISTILLÉ par jour de 24 heures	PRIX DES APPAREILS
1	300 hectolitres.	6,000 francs.
2	400 »	7,500 »
3	500 »	9,000 »
4	600 »	10,500 »
5	700 »	12,000 »
6	800 »	13,500 »
7	900 »	15,000 »
8	1,000 »	16,500 »
9	1,100 »	18,000 »
10	1,200 »	19,500 »
11	1,600 »	26,000 »
12	2,000 »	32,000 »
13	2,500 »	37,500 »
14	3,600 »	52,000 »
15	4,500 »	65,000 »

Voici maintenant la légende explicative de notre appareil distillatoire rectangulaire en fonte, muni d'un chauffe-vin d'un nouveau système :

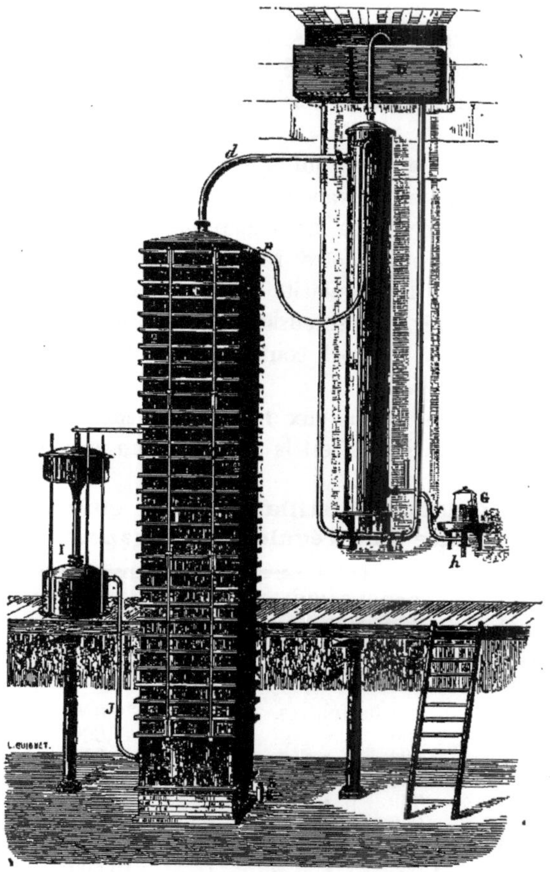

Fig. 2. Appareil distillatoire rectangulaire en fonte, avec chauffe-vin d'un nouveau système.

A. — Soubassement de la colonne

B. — Colonne rectangulaire à barbotage d'un nouveau système, offrant l'énorme avantage de ne pas se salir.

C. — Chauffe-vin à chauffage direct par le contact des vapeurs avec la matière à distiller.

D. — Col de cygne allant vers le réfrigérant.

E. — Réfrigérant tubulaire.

F. — Sortie des alcools.

G. — Eprouvette graduée, indiquant la puissance du coulage, le degré et la température des alcools bruts.

H. — Sortie des alcools bruts dans le réservoir.

I. — Régulateur de chauffage de la colonne.

J. — Communication de pression au régulateur.

K. — Réservoir des jus fermentés à distiller.

L. — Réservoir à eau froide.

M N. — Communication des vins du réfrigérant à la colonne.

Cette colonne, partiellement en fonte de fer, est meilleur marché que celle représentée figure 1, qui est entièrement en cuivre. Le montage et le démontage de la colonne rectangulaire s'exécutent facilement; elle s'applique aussi bien à la *distillation des grains* en matière pâteuse qu'à celle des betteraves.

Ce dernier point est essentiel pour les distilleries agricoles, qui ne doivent pas se contenter de travailler pendant cinq mois seulement, mais qui sont obligées de pratiquer la distillation des grains en été, pour avoir des drèches à donner au bétail au moment où souvent les fourrages font défaut. Dans cette nouvelle colonne Savalle, le contact de la vapeur et du vin à distiller se fait par un système spécial obtenu par la superposition des tronçons de colonne, et dont aucune partie n'est sujette à s'obstruer.

Le chauffe-vin est formé par plusieurs couches de liquide en mouvement, dont la surface supérieure est chauffée directement par les vapeurs alcooliques et dont la surface inférieure est chauffée au travers de surfaces métalliques. Outre sa grande simplicité et sa grande facilité de nettoyage, ce système offre l'avantage de coûter moins cher que ses devanciers.

Nous établissons les prix de ces colonnes par numéros, au fur et à mesure que nous les exécutons, afin d'arriver à les livrer au prix le plus réduit possible.

CHAPITRE IV.

Régulateur automatique du chauffage des colonnes distillatoires et des rectificateurs Savalle.

Voici comment s'est exprimé un homme pratique, M. J. Pezeyre, au sujet de notre régulateur automatique à vapeur, dans une de ses communications à la Chambre syndicale des distillateurs de Paris :

« Le régulateur est une application des lois de l'hydraulique essentiellement nouvelle, introduite par M. Savalle dans les appareils de distillation. Il a pour effet de régulariser l'emploi de toutes les forces et toutes les fonctions, et de maintenir les phénomènes qui s'accomplissent dans tous les organes de l'appareil, dans des conditions de température et de pression constantes et indispensables à l'homogénéité, à la bonté du produit et à la vitesse de son écoulement. On évite ainsi de troubler l'opération par des coups de feu violents, dont on n'est jamais maître avec les appareils ordinaires. *Un appareil de distillation privé de régulateur, est comme un navire sans boussole, exposé à toutes les chances d'erreurs et d'accidents.* »

Ce régulateur, représenté par la figure 3, est le guide indispensable de nos appareils, en ce sens qu'il maintient efficacement la pression, la température et la vitesse de circulation des liquides dans les limites les plus favorables au dégagement de l'alcool et à l'élimination des éléments étrangers qui le souillent.

Élément essentiel de nos appareils, il a pour organe principal un flotteur C, qui a pour fonction d'ouvrir ou de fermer un robinet de vapeur adapté sur la conduite du chauffage, et dont la puissance augmentée par l'intermédiaire du levier D, atteint 400 kilogrammes, de sorte que ni la poussière, ni l'usure du robinet de vapeur ne puissent empêcher son action (les deux figures 4 et 5 représentent le robinet de vapeur avec sa soupape). On verse de l'eau froide dans la chaudière inférieure A, jusqu'au niveau de la tubulure F, par laquelle la pression de vapeur dans l'appareil à régler se transmet au régulateur, par laquelle aussi s'échappe le trop-plein d'eau de la bâche inférieure.

Afin d'assurer toute sécurité à notre régulateur, nous avons ménagé en A une chambre d'air qui forme matelas entre la vapeur

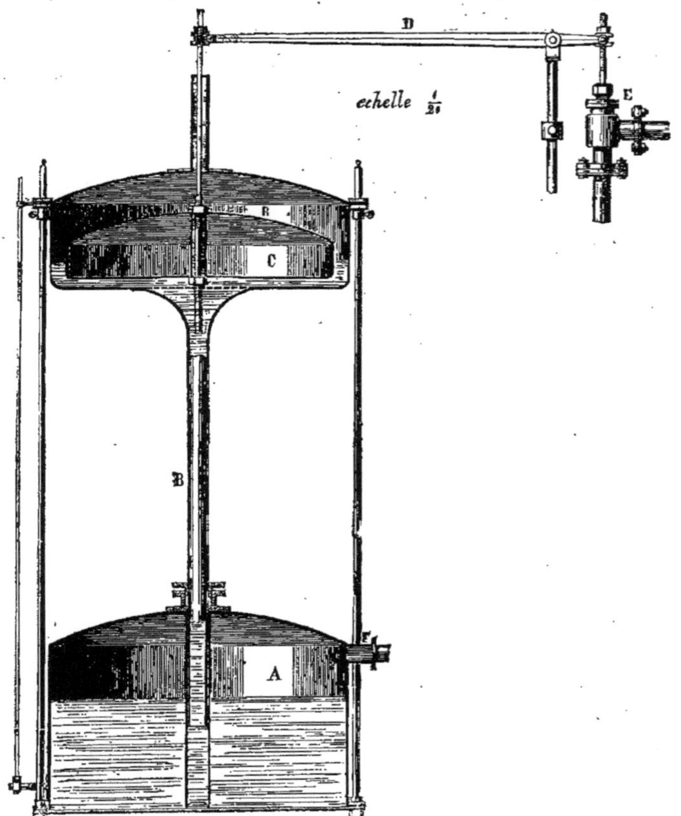

Fig. 3. — Régulateur automatique de chauffage des appareils Savalle.

de pression et la couche d'eau; sous cette pression, l'eau monte par le tube d'ascension B dans la bâche supérieure, soulève à un moment donné le flotteur C, et met en jeu le levier qui ouvre ou ferme le robinet de distribution. Ajoutons que le robinet et la soupape 4 et 5, sont d'une construction toute spéciale; l'ensemble y est ménagé de telle sorte que la pression se fait équilibre à elle-même, dans une certaine proportion.

Ainsi la soupape, qui a, dans les grands appareils, 6 centimètres de diamètre, ou une surface de 28 centimètres carrés, ne supporte en réalité que sur 2 centimètres carrés la pression de la vapeur, et peut être facilement soulevée par le flotteur. La pratique de chaque jour prouve que ce mécanisme très-simple règle la pression à un centimètre d'eau près *(soit à une précision d'un millième d'atmosphère)*. Les appareils qui en sont munis, au nombre déjà de plus de 500, et qui fonctionnent avec une régularité parfaite, produisent un jet continu et abondant d'alcool, à

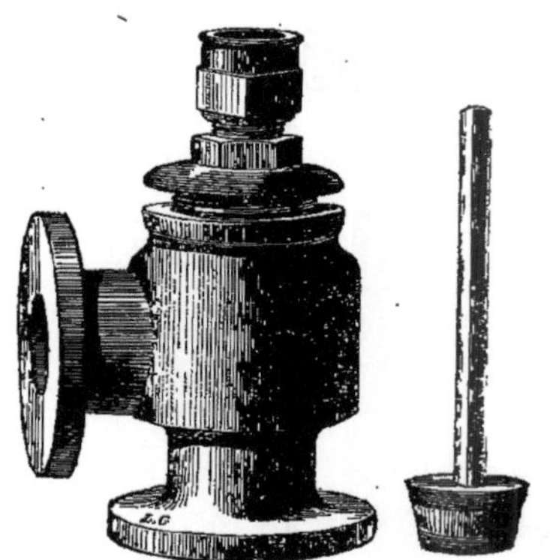

Fig. 4. — Robinet de vapeur du régulateur. Fig. 5. — Soupape du robinet de vapeur.

un titre toujours élevé et sensiblement constant; ils dispensent pour la conduite de nos appareils d'hommes spéciaux, toujours difficiles à rencontrer dans les campagnes, et sont pour le rectificateur un véritable bienfait.

Comme pièces à l'appui, nous allons faire connaître où et comment a pris naissance le régulateur qui nous occupe, avec les causes des transformations qu'il a subies

Ce fut en 1846, à la suite d'un grave accident survenu dans l'importante distillerie que le fondateur de notre maison, M. A. Savalle père, possédait à La Haye, et qui a consacré toute son existence au perfectionnement de cette importante industrie, sentit la nécessité d'établir des appareils de sûreté pour empêcher le retour d'explosions semblables à celle dont il venait d'être le témoin et dont il avait manqué, avec son jeune fils, M. D. Savalle, d'être la première victime. La cause de l'accident était l'imprudence d'un ouvrier distillateur qui, contrairement à la recommandation qui lui avait été faite, avait donné trop de vapeur à la chaudière qu'il nettoyait. Le couvercle de cette dernière, maintenu au moyen du joint à pinces, s'était enlevé, et la force d'explosion avait été si subite et si considérable, que le plancher d'un étage supérieur, quoique fortement chargé, s'était soulevé.

Après cet accident. M. A. Savalle fit appliquer aux chaudières de tous ses rectificateurs *des manomètres à air libre, pour indiquer la pression et servir de guide aux distillateurs.*

Ces manomètres servirent pendant plusieurs années à indiquer seulement la pression intérieure des chaudières.

Lorsque M. Savalle père organisa sa distillerie à Saint-Denis (Seine), ces manomètres facilitèrent l'éducation à faire des ouvriers distillateurs; car la plupart de ceux qui se présentaient n'étaient au courant que de l'usage de l'appareil Cail, dont on ne se sert plus aujourd'hui.

M. D. Savalle fils créa le *régulateur automatique*, et nous croyons que l'on nous saura gré d'une innovation qui rend d'une manière si complète des services qui jusqu'alors étaient inconnus. Ce régulateur a subi déjà plusieurs transformations, et depuis quelques années, nous en avons fait un instrument véritablement pratique, à l'abri de tous arrêts par insuffisance de soins ; aussi tous nos anciens clients s'empressent d'adopter ce dernier système.

CHAPITRE V.

Rectification des alcools par le système et les appareils Savalle.

Le sucre brut, engagé dans sa mélasse, est « l'image de l'alcool emprisonné dans les flegmes ». Le sucre a besoin de raffinage pour acquérir la blancheur et la suavité de goût nécessaires. Les flegmes réclament aussi une épuration, une espèce de raffinage, connue sous le nom *de rectification*. Le sucre de betteraves, bien raffiné, est identique avec le sucre de canne également bien raffiné ; de même, l'alcool d'industrie, bien rectifié, est identique avec l'esprit-de-vin.

La rectification a pour but de séparer l'alcool de tous les corps qui lui sont intimement unis par les lois de l'affinité chimique, ou associés à titre de simple mélange. Par une rectification bien conduite, dans les appareils Savalle, on amène les alcools d'industrie au degré de pureté qui les rend supérieurs à l'esprit-de-vin.

La figure 6 représente cet appareil vu en élévation, et dont nous réservons les détails d'intérieur pour chacun de nos clients.

En voici la légende explicative :

A. — Une chaudière, recevant les flegmes à rectifier ; la capacité de la chaudière varie selon son numéro.

B. — Colonne qui épure les alcools par la séparation des produits.

C. — Condenseur analyseur tubulaire, agissant avec puissance par sa disposition toute spéciale.

D. — Réfrigérant qui ramène les vapeurs alcooliques à l'état liquide.

E. — Régulateur automatique d'une grande puissance, pour la conduite du chauffage.

F. — Nouvelle éprouvette.

G. — Récipient spécial pour la séparation et l'élimination des huiles essentielles et des produits mauvais goût ; ce récipient se trouve placé sur l'appareil du côté non aperçu du plan d'élévation.

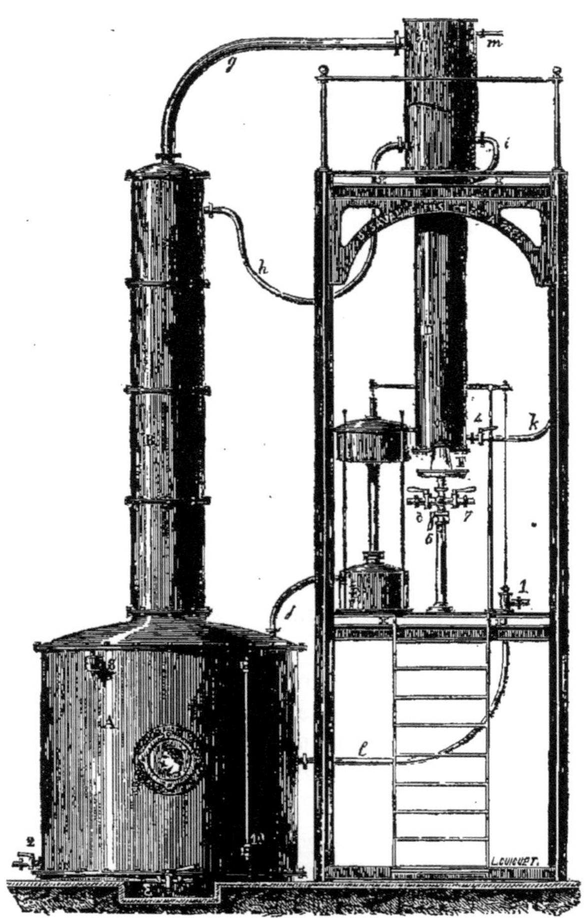

Fig. 6. — Ensemble d'un rectificateur avec charpente en fer.

g. — Col de cygne des vapeurs alcooliques.
h. — Rétrograde des alcools faibles.
i. — Passage des alcools forts vers le réfrigérant.
j. — Communication de pression au régulateur.
k. — Alimentation des eaux froides de condensation.
l. — Conduite des vapeurs de chauffage de l'appareil.
m.— Trop-plein des eaux chaudes.

1. — Robinet spécial au régulateur de vapeur.
2. — Sortie des eaux de condensation de vapeur de chauffage.
3. — Robinet double servant à emplir et à vider la chaudière.
4. — Robinet régulateur pour admission de l'eau de condensation.
5. — Robinet d'écoulement des alcools secondaires.
6. — Robinet d'écoulement des éthers.
7. — Robinet d'écoulement des alcools bon goût.
8. — Reniflard pour empêcher l'écrasement de l'appareil par le vide.
9. — Trou d'homme pour visiter le serpentin de chauffe de la chaudière.
10. — Niveau d'eau indiquant le volume de liquide contenu dans la chaudière.

La charpente en fer qui sert à maintenir les différentes pièces de cet appareil, est à la fois solide, gràcieuse et élégante. Cette charpente s'établit à la demande des acquéreurs.

Toute la tuyauterie et la robinetterie peuvent alors se remonter en peu de temps; c'est un véritable profit pour les contrées éloignées: il n'est pas besoin, en ce cas, de faire venir de France des ouvriers spéciaux pour monter ces appareils. Les pièces principales sont ajustées, repérées, numérotées ; il suffit donc de les poser d'aplomb.

Pour nos colonies françaises, cet appareil sera l'objet d'un succès réel lorsqu'on l'appliquera à la rectification des tafias, et qu'on diminuera ainsi de moitié le fret pour transporter ces 3/6 sur le continent européen.

Notre appareil a cela de particulier, c'est qu'il n'a aucune espèce d'analogie avec les anciens, c'est un type, et déjà l'Espagne, les Etats-Unis d'Amérique, l'Angleterre, la Hollande, l'Allemagne, l'Italie, l'Orient, etc., etc., rivalisent entre eux à l'aide de notre nouvel appareil, et les alcools qui sont obtenus font prime partout par la dernière expression de leur finesse.

CHAPITRE VI.

Avantages résultant de l'emploi de notre nouvel appareil de rectification sur ceux des autres systèmes.

Les avantages résultant de l'application de notre rectificateur perfectionné sont nombreux; ils expliquent la faveur que lui accordent les distillateurs bien renseignés. Notre système réduit à un seul appareil (car nous ne sommes pas limités pour la puissance à lui donner) l'outillage de rectification des distilleries, autrefois si compliqué et si dispendieux. Cette simplification facilite la surveillance du travail et évite de nombreuses causes d'usure, de réparations et d'incendie. Outre ces avantages d'installation, il en est d'autres dans le travail qui sont plus importants encore.

1° AVANTAGE SUR LA MISE EN TRAIN.

En commençant les opérations, *l'appareil est vide et parfaitement propre,* contrairement aux autres, qui ont tous les plateaux de leur colonne *chargés d'eau sale et d'huiles essentielles.* Cette différence, qui peut sembler peu importante à première vue, constitue un perfectionnement très-grand; car pour débarrasser d'impureté et d'eau une ancienne colonne, il faut, en commençant chaque opération, cinq heures de travail, cinq heures pendant lesquelles on dépense en pure perte le charbon et la main-d'œuvre; de plus on renvoie par la condensation, pendant ces cinq heures, dans la chaudière du bas, des produits impurs, qui vont gâter les alcools à rectifier.

2° AVANTAGE SUR LA CONDUITE DU CHAUFFAGE.

Le fonctionnement n'est plus laissé au bon vouloir de l'homme chargé de la surveillance des appareils; *il s'opère automatiquement* et avec une exactitude mathématique, l'appareil étant réglé de telle sorte que la production ne varie pas d'un litre par heure.

Cette régularité de production est le point le plus difficile, mais aussi le plus important à atteindre dans la rectification des alcools. En effet, lorsque l'on considère cette opération, elle consiste à produire trois unités de vapeurs alcooliques, pour les analyser dans un condenseur de manière à séparer une unité de vapeurs pures, en condensant les deux autres unités qui sont impures. Cette opération est si délicate qu'une irrégularité dans le fonctionnement de l'appareil, une alimentation trop intense de vapeur, par exemple, détermine dans le condenseur une entrée de vapeurs alcooliques, supérieure à trois unités; ce dernier ne peut condenser ce supplément de vapeurs impures, l'analyse est imparfaite, et les produits sont immédiatement chargés d'huiles essentielles. Admettons l'inverse, c'est-à-dire qu'on laisse l'appareil manquer de vapeur : il en résulte dans le condenseur une admission de vapeur trop minime, de deux unités par exemple; ces deux unités de vapeur se trouveront condensées, le travail de l'appareil sera interrompu pour un temps plus ou moins long, pendant lequel le combustible est dépensé en pure perte. *Le régulateur est donc indispensable, il économise du combustible et fait produire des alcools parfaits.* (Nous en avons donné la description à la page 18.)

3° QUALITÉ SUPÉRIEURE DES PRODUITS.

Par l'emploi de notre appareil, on produit des alcools plus fins et au titre élevé de 96 à 97 degrés centésimaux, lorsque les autres colonnes ne produisent que des alcools ordinaires à 93 ou 94 degrés au plus.

L'élévation du titre de l'alcool donne la garantie qu'il est pur et bien débarrassé des huiles essentielles.

Cette qualité des produits fournis par nos appareils a été reconnue par les hommes de l'art, qui constatent aussi qu'ils sont plus hygiéniques et produisent un effet moins pernicieux sur ceux qui font abus de liqueurs fortes.

4° AVANTAGE POUR LE FRACTIONNEMENT DES PRODUITS.

La fin des opérations s'opère aussi d'une manière toute différente : dans nos appareils, elle *s'annonce* longtemps d'avance *par un instrument de précision* établi à cet effet. L'homme qui surveille et sépare les produits est donc ainsi à l'abri du danger qu'offrent les autres rectificateurs, de gâter le travail de toute sa journée par un instant d'inattention, en laissant, à l'instant ou se termine l'opération, couler des 3/6 de mauvais goût dans la masse d'alcool fin produite. Notre indicateur fixe, et longtemps à l'avance, à l'ouvrier distillateur, au contre-maître de l'usine ou au patron, lorsqu'il vient à passer près des appareils, que dans deux heures, dans une heure ou dans dix minutes, l'opération sera terminée, et qu'il faudra faire couler les produits dans un réservoir autre que celui destiné aux produits fins.

On évite donc ainsi toute surprise; l'ouvrier n'a pas d'excuse à alléguer s'il n'est pas à son poste, *et le fractionnement des produits devient facile.*

5° FIN DES OPÉRATIONS SIMPLIFIÉES.

La fin d'une opération faite par une colonne de rectification ordinaire exige *deux ou trois heures de travail* pour en enlever l'alcool mauvais goût et une partie des huiles essentielles. Dans le fonctionnement de nos rectificateurs, ces trois heures de travail et de dépense de combustible se réduisent *à deux minutes* : le temps de fermer le robinet de vapeur et d'ouvrir le robinet pour vider le contenu de la colonne dans le réservoir aux huiles.

6° AVANTAGE SOUS LE RAPPORT DU RENDEMENT.

De la perfection du travail que nous venons d'énumérer, il résulte encore une économie notable de combustible; mais l'avantage le plus signalé est celui obtenu par la différence de rendement; *notre rectificateur ne perd que de* 1 à 2 0/0 d'alcool, comme l'atteste le tableau de travail ci-contre, qui nous est remis par un des plus grands distillateurs de France. *Les anciens appareils*, au contraire, *perdent* par la lenteur de leur travail et leur construction défectueuse, 5, 6 *et jusqu'à* 8 0/0 *d'alcool* : il en résulte une augmentation de rendement en faveur de notre appareil de 3 0/0 d'alcool au moins, soit 2 francs par hectolitre de 3/6 fin.

RÉSUMÉ DES OPÉRATIONS

FAITES AVEC L'APPAREIL RECTIFICATEUR SAVALLE PENDANT LE MOIS D'OCTOBRE 1868, DANS L'USINE DE **M. E. PORION**, A WARDRECQUES, PRÈS SAINT-OMER (PAS-DE-CALAIS). (TRAVAIL FAIT SUR DES ALCOOLS DE MÉLASSES.)

Jour du mois	Chargements. Alcool à 100°	3/6 Mauvais à retravailler	3/6 Moyen goût	3/6 Extra-fins	3/6 Mauvais à retravailler	Perte	Durée de l'opération.
	hect. lit.	hect. lit.	hect. lit.	hect. lit.	hect. lit.	hect. lit.	h. min
1	129 84	4 07	29 64	89 07	2 21	4 85	31 15
3	106 18	2 01	24 61	74 98	2 72	1 86	25 20
5	136 51	3 61	29 64	96 71	3 53	3 02	30 40
7	113 54	3 85	24 21	79 56	2 92	2 80	26 30
9	125 02	4 33	29 05	87 85	2 05	1 74	28 35
11	123 81	4 78	25 69	88 04	3 34	1 96	28 20
13	152 21	4 42	30 04	109 95	5 93	1 87	33 40
16	150 91	4 73	31 62	108 61	2 93	3 02	33 15
17	112 67	3 16	26 58	78 52	2 06	2 35	25 50
19	99 63	3 75	26 68	65 28	1 66	2 26	23 45
21	134 62	4 06	26 92	96 46	3 60	3 58	30 25
23	143 88	4 07	27 32	106 77	4 51	1 22	32 40
25	141 99	3 61	25 39	107 58	4 35	1 06	32 05
27	151 14	4 28	30 63	112 52	2 53	1 18	33 55
29	159 25	4 96	29 39	119 69	2 40	2 71	34 35
3	110 38	3 16	27 81	75 11	2 57	1 73	25 35
Totaux	2091 58	62 85	445 22	1496 70	49 31	37 21	476 25

MOYENNE ET RÉSUMÉ DU TRAVAIL D'UN MOIS.

3/6 mauvais goût à retravailler...	62 hect. 84 lit.	3 » 0/0
3/6 moyens	445 — 82 —	21 28 0/0
3/6 extras-fins	1496 — 70 —	71 58 0/0
3/6 mauvais goût à retravailler...	49 — 31 —	2 36 0/0
PERTE............	37 — 21 —	1 78 0/0[1]
Total.........	2091 hect. 28 lit.	100 » 0/0

L'appareil a coulé au bon goût pendant 273 heures 15 minutes, soit 576 litres 1/2 à 95 degrés par heure de coulage au bon goût.

En France on néglige dans le commerce de tenir compte de la *variation de volume* que la chaleur fait éprouver aux liquides spiritueux : en Hollande et dans plusieurs autres pays, on en tient compte, et cela avec raison, car entre les extrêmes, c'est-à-dire de 0 degré de température à 30 degrés, cette variation de volume s'élève, d'après les expériences faites par Gay-Lussac, à près de 3 0/0.

Les constatations de rendement ci-dessus ont été faites sans avoir

(1) Dans les appareils anciens à calottes, cette perte s'élève à 5, 6 et parfois 8 0/0.

égard à cette variation de volume, c'est pourquoi nos clients en Prusse et en Hollande trouvent des pertes d'alcool à la rectification, moins grandes que celles de 1,78 0/0, et cela se comprend.

Les alcools bruts ou flegmés, qui viennent d'être fabriqués dans les distilleries, sont habituellement à des températures très-élevées qui varient de 20 à 30 degrés centigrades. — 1000 litres de ces flegmes à 50 degrés alcooliques et à 30 de température, ne constituent en réalité, à la température normale de 15° degrés, que 989 litres. Si donc on ne prend pas en considération la variation de volume, on commet une erreur dans le chargement de l'appareil de 11 litres par mille.

On se trompe aussi, mais l'erreur est moins sensible, si l'on ne constate pas la température des alcools produits par l'appareil pour en corriger le volume d'après cette température.

Ces détails suffiront aux praticiens, pour leur démontrer l'importance qu'il y a pour eux à transformer leurs anciens rectificateurs et à adopter un travail plus économique et plus rationnel.

7° AVANTAGES SOUS LE RAPPORT DU PRIX DE L'APPAREIL.

Après avoir expliqué tous les avantages que présentent nos rectificateurs, avantages confirmés chaque jour par la pratique, nous donnons ci-dessous le prix de ces appareils qui, pour une production donnée coûtent bien moins que ceux de tout autre système.

PRIX DES RECTIFICATEURS

MUNIS D'UN RÉGULATEUR AUTOMATIQUE DE CHAUFFAGE

Numéro des dimensions	Contenance des chaudières.	Volume de 3/6 fin produit par 24 heures.		PRIX	
				avec chaudière en tôle de fer.	avec chaudière en cuivre rouge.
	litres.	litres	litres.	francs.	francs.
1	2.400	500 à	550	4.500	5.400
2	4.000	1.000	1.200	5.500	6.500
3	7.500	2.000	4.200	8.000	11.500
4	10.000	3.000	3.300	11.500	15.000
5	15.000	3.600	4.000	14.500	18.500
6	18.000	4.500	5.000	18.500	24.500
7	22.500	6.500	7.000	20.500	27.500
8	27.500	8.000	8.500	25.500	35.000
9	35.000	10.000	11.000	32.000	43.000
10	45.000	12.400	13.000	»	53.000
11	60.000	17.000	18.000	»	72.500
12	73.000	20.000	21.000	»	85.000

8° RENSEIGNEMENTS DIVERS.

Pour installer un rectificateur, il est indispensable de savoir :

1° Ce qu'il emploiera de chevaux-vapeur pour son chauffage ;

2° Ce qu'il lui faudra d'eau froide par heure pour la condensation et la réfrigération des vapeurs.

Nos lecteurs trouveront ces renseignements dans le tableau suivant :

Puissance de chauffage et de réfrigération pour les rectificateurs.

NUMÉROS des DIMENSIONS	CHEVAUX-VAPEUR PRIS A 1 MÈTRE 45 DE SURFACE DE CHAUFFE PAR CHEVAL	VOLUME D'EAU FROIDE (A 12 DEGRÉS CENTIGRADES) DÉPENSÉ PAR HEURE
1	5 chevaux.	1.200 litres.
2	7 »	1.600 »
3	12 »	2.800 »
4	16 »	3.300 »
5	22 »	5.600 »
6	24 »	6.300 »
7	30 »	7.800 »
8	40 »	10.000 »
9	55 »	15.000 »
10	75 »	21.500 »

La quantité de chevaux-vapeur ainsi que les volumes d'eau du tableau ci-dessus sont un peu forcés ; mais il vaut toujours mieux avoir plus de puissance.

La consommation de charbon par hectolitre d'alcool fin à 90° est, dans les usines installées par nous dans les environs de Paris, de 38 à 40 kilogrammes, y compris la force mécanique nécessaire pour élever l'eau froide.

La dépense d'eau de nos rectificateurs est de 15 litres par litre d'alcool écoulé à l'éprouvette. Cette dépense est constante, si l'on emploie l'eau d'un puits qui est toujours à la température de 12 degrés centigrades. Si au contraire on emploie de l'eau de rivière très-froide en hiver et chaude en été, la dépense d'eau par litre d'alcool varie de 6 à 20 litres par litre de produit écoulé à l'éprouvette.

Dans les localités élevées où l'eau est rare, nous employons pour les rectificateurs constamment la même eau, en la laissant refroidir la nuit dans des bassins creusés dans le sol.

Sur le littoral de la Méditerranée, en Espagne notamment, nous avons fait employer par nos clients l'eau de mer pour condenser et réfrigérer l'alcool ; ils s'en trouvent très-bien.

CHAPITRE VII.

Nouvelle éprouvette jauge, système unique.

Parmi nos récentes innovations, l'éprouvette jauge, dont nous allons entretenir le lecteur, est un des accessoires dont l'importance ne lui échappera pas ; nous l'appliquons non-seulement aux appareils de rectification, mais aussi aux colonnes distillatoires en fonte et en cuivre que nous construisons.

Par sa disposition, elle indique d'une manière exacte la quantité d'alcool que, par heure, peut produire l'appareil, si le travail est fait avec régularité, avantage très-important pour les chefs d'usines qui, de cette manière, contrôlent facilement l'ouvrier chargé de cette opération.

Le principe de sa construction est basé sur l'écoulement différentiel des liquides par un orifice donné, soumis à des pressions différentes ; nous avons combiné depuis peu une nouvelle disposition pour cette éprouvette, et nous allons décrire ces modifications qui ont leur importance ; car elles ajoutent à nos appareils déjà si dociles à conduire, un nouveau perfectionnement qui simplifie encore leur surveillance.

La figure 7 représente cette éprouvette unique, dont voici la légende :

B. — Tuyau des alcools arrivant du réfrigérant.
C. — Tubulure en cuivre, munie d'un robinet de dégustation.
D. — Robinet de dégustation.
E. — Éprouvette en cristal, munie de son tube gradué.
F. — Orifice d'écoulement des alcools.
G. — Réservoir de distribution.

H. — Robinet d'écoulement des alcools mauvais goût, adapté à la partie inférieure du réservoir G.

I. — Robinet des alcools secondaires.

J. — Robinet des alcools de bon goût.

L. — Plateau-réservoir supportant l'éprouvette, la garantissant et servant de réceptacle à l'alcool, dans le cas où elle serait brisée.

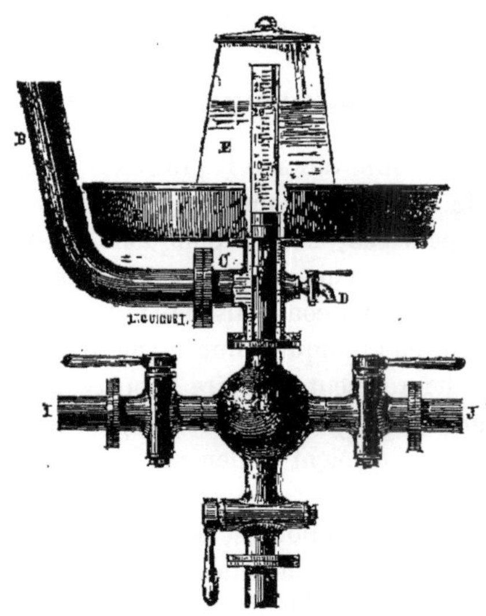

Fig. 7. — Nouvelle éprouvette jauge, système Savalle.

Voici maintenant le fonctionnement de l'éprouvette. L'alcool, arrivant du réfrigérant par le tube B, emplit d'abord la tubulure C, autour du tube gradué F, baigne le petit robinet de dégustation D et monte, pour se déverser graduellement, par l'orifice d'écoulement pratiqué en F sur le tube gradué. Cet orifice n'ayant qu'une section d'ouverture restreinte, le jet d'alcool, quoique arrivant sans cesse, ne peut y passer en entier.

Le niveau du liquide s'élève alors dans l'éprouvette jusqu'au point où la pression qu'il opère sur l'orifice d'écoulement devient assez forte pour faire débiter à l'orifice le volume d'alcool qui arrive. La nappe du liquide dans l'éprouvette subit ainsi des variations de niveau constatées par une graduation, dont chaque division correspond à un volume différent et indique la quantité de liquide écoulée par heure.

Les alcools se rendent de l'éprouvette dans un réservoir de distribution G, muni de trois robinets. Le robinet H communique au réservoir qui doit contenir les alcols mauvais goût ; le robinet I sert d'écoulement au réservoir des alcools secondaires; le robinet J donne accès aux alcools bon goût. L'on remarquera que la répartition de ces trois robinets est disposée de telle sorte que s'il s'échappait la plus petite quantité d'alcools mauvais goût, à la fin d'une opération, ils iraient tomber au fond de la boule G, pour se rendre de là par le robinet H au réservoir mauvais goût.

Les perfectionnements que nous avons apportés dans la construction de cette éprouvette sont réels.

Par la figure représentant cette éprouvette, l'on voit que l'alcool y arrive par la partie inférieure, sans secousses, uniformément, au lieu d'entrer par le couvercle; cela évite une ouverture qu'on devait y pratiquer, et cela permet désormais de clore hermétiquement l'éprouvette; toute évaporation d'alcool n'est pas à craindre, et elle a en outre le mérite d'être moins coûteuse que sa devancière, par suite de sa disposition nouvelle.

Le robinet de dégustation, le plateau-réservoir protégeant l'éprouvette, la distribution des différentes qualités des produits, sont des modifications qui ne devront échapper à personne; nous pouvons dire que notre éprouvette est arrivée à son point de perfectionnement, et elle rend de véritables services dans les distilleries et usines de rectification récemment installées où elle est montée.

Un seul point reste à indiquer aux distillateurs et rectificateurs, qui nous feront la demande de cette nouvelle éprouvette, pour éviter d'être obligés de leur envoyer un de nos employés pour la régler une première fois, — ce point est le mode de détermination de l'ouverture qu'il faut donner à l'orifice d'écoulement F, pour chaque appareil différent recevant l'application de cette éprouvette.

Voici la manière de la régler, pour établir l'ouverture de l'orifice d'écoulement :

Au moyen d'une règle posée sur la bague A placée au-dessus de cet orifice d'écoulement F, on devra l'abaisser progressivement, de telle sorte qu'en pleine marche on fasse remonter le liquide à la graduation 15.

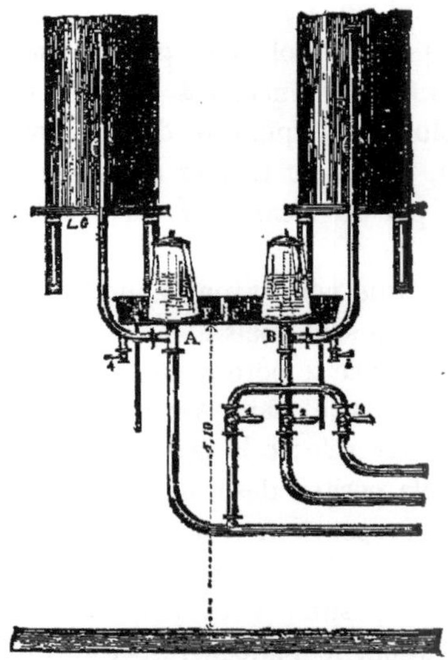

Fig. 8.— Élévation de la table à éprouvettes.

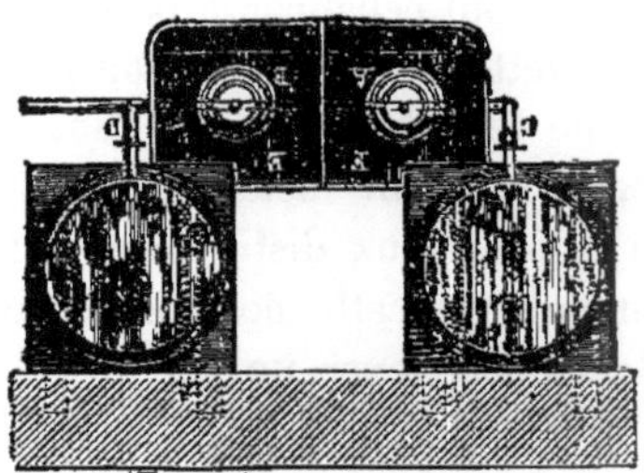

Fig. 9.— Vue en plan de la table à éprouvettes.

L'éprouvette ainsi réglée, on voit immédiatement si l'appareil s'emporte ou ralentit; dans le premier cas, le niveau du liquide montera en débordant par le haut du tube F ; dans le second, la nappe de liquide descendra de un ou plusieurs chiffres de la graduation.

Pour régler l'éprouvette, il faut tenir compte de deux conditions essentielles : la première, que le réservoir d'eau de condensation soit toujours plein, et son niveau maintenu constant par un tube trop-plein qui fonctionne sans interruption, et cela afin d'avoir une condensation toujours égale.

La seconde condition exige que le distillateur ouvre le robinet d'eau de condensation exactement au point requis pour le bon fonctionnement de l'appareil.

Nous observerons que les effets produits par l'abaissement de la bague ne sont pas immédiats, qu'il faut quelques minutes pour en observer le résultat. Par conséquent, il faut agir petit à petit, et rester au moins 20 minutes à chercher le point de régularité demandée, de manière à se rendre compte des effets de chaque rétrécissement de l'ouverture d'écoulement ; sans cela on dépasserait le point voulu, cas dans lequel on se verrait forcé de recommencer le travail en relevant à nouveau la bague A citée plus haut.

L'observation indique que pour un débit de 100 litres à l'heure, l'ouverture de l'orifice d'écoulement représente 15 millimètres carrés ; on calculera facilement, d'après cette donnée, l'ouverture d'écoulement à fixer pour chacun des appareils auxquels on appliquera l'éprouvette.

Cependant, cette proportion ne peut servir que d'approximation, par la difficulté qui existe à établir avec précision des orifices d'une si faible dimension. La pratique du moyen que nous avons indiqué corrigera certainement les imperfections que nous signalons. Nous ferons encore remarquer que la moindre fluctuation qui aurait lieu dans l'alimentation d'eau de condensation, s'aperçoit immédiatement ; quand elle ne durerait qu'un instant, l'éprouvette l'indique et permet aussitôt de porter remède à ce mal passager.

Les figures 8 et 9 représentent un ensemble de ces éprouvettes, dont l'une A sert à l'écoulement des flegmes, et l'autre B à celui des alcools provenant du rectificateur.

Nous avons fait construire depuis peu, par un habile fabricant d'instruments de précision, un nouvel alcoomètre, dont la tige restreinte s'adapte avec aisance à notre nouvelle éprouvette. Les degrés de son échelle commencent à 70°, pour finir à 100, et ces degrés sont indiqués de manière à pouvoir les reconnaître très-facilement. Ce nouvel alcoomètre est d'une longueur d'environ 14 centimètres, tient peu de place et est moins susceptible de se briser. Nous en ferons l'envoi aux personnes désireuses de s'en servir.

CHAPITRE VIII.

Saturation des flegmes dans la rectification.

Il a été fait tant de bruit au sujet de l'emploi de la *potasse perlasse* dans les flegmes, qu'il ne nous a pas été possible, à notre tour, de ne pas intervenir dans le débat.

Chaque fois que nous verrons certains innovateurs se rendre la tâche facile, en prétendant mettre à jour un procédé pratiqué depuis longtemps, et pour la première fois par le digne et vénéré fondateur de notre maison, pour essayer de se l'approprier, nous considérerons de notre devoir de ne rien laisser usurper de la mémoire d'un des meilleurs pionniers de l'industrie des alcools.

Les innovateurs dont il s'agit ont été prendre dans les distilleries du Nord et des environs de Paris, le procédé de la saturation des alcools par la potasse perlasse ; ils n'ont aucun droit de prélever sur les distillateurs et les rectificateurs, une redevance quelconque pour ce procédé qui était mis en pratique en Hollande et à Saint-Denis, dans l'usine de M. A. Savalle, depuis de longues années. Nous avons entre les mains les nombreuses factures des fournisseurs de ce produit à l'usine de Saint-Denis (Seine), et de plus, de nombreuses attestations des fabricants d'alcool fin qui mettent depuis longtemps ce procédé en pratique. Voici l'une de ces attestations que nous donnons de préférence, parce qu'elle émane d'un des plus grands rectificateurs des environs de Paris.

« Berny, le 29 octobre 1868.

» Messieurs D. Savalle fils et Cie, 64, avenue de l'Impératrice à Paris :

» Je m'empresse de vous remettre sur votre demande l'attestation suivante, relative au procédé de la saturation de flegmes que j'emploie depuis que je me suis rendu acquéreur de l'usine de la Croix-de-Berny, soit depuis 1864, procédé que vous aviez antérieurement indiqué à mes prédécesseurs, MM. Bruguière et Aussière; car c'est le contre-maître de ces derniers qui a continué l'emploi de ce procédé quand j'ai pris l'usine.

» J'ai toujours employé sur vos recommandations, pour saturer mes flegmes, la potasse perlasse dissoute dans de l'eau chaude et jetée dans 30 centimètres d'eau mise au préalable en ébullition dans la chaudière du rectificateur.

» Je charge mes flegmes sur cette lessive de potasse très-étendue et j'obtiens ainsi leur saturation complète.

» Et à l'appui de cette attestation, j'ai, si vous le désirez, les factures des négociants en produits chimiques qui m'ont fourni les quantités de potasse perlasse nécessaires à mes besoins.

» Veuillez agréer, etc.

» E. Rayon,

» Rectificateur à la Croix-de-Berny, par Antony (Seine). »

On ne nous contestera donc pas l'antériorité de l'emploi de la potasse perlasse, comme préparation des alcools bruts à la rectification. Cependant, ce procédé laissait une grande lacune quant au dosage, à la quantité de potasse perlasse à employer par hectolitre de flegmes mis en rectification. En employant de la potasse, de la soude, de la chaux, etc., on prétendait que les huiles essentielles spéciales aux grains, à la betterave et aux autres produits alcoolisables, s'unissaient aux bases alcalines en perdant en grande partie leur odeur et leur volatilité. On déterminait par tâtonnements dans les premières opérations, comme le dit un de nos grands chimistes (tome II, du *Précis de Chimie industrielle* de M. Payen, page 385), les proportions les plus convenables de potasse à employer pour obtenir un produit rectifié irréprochable.

On était complétement dans l'erreur quant au rôle que jouent les alcalins dans les flegmes avant la rectification, et on l'était plus encore quant aux tâtonnements qui devaient fixer la quantité de saturants à employer; car l'expérience nous a démontré : 1° que l'emploi de la potasse perlasse ou d'autres alcalins dans les flegmes, avant leur rectification, n'a d'autre but et d'autre effet que de saturer les acides contenus dans ces flegmes ; 2° *que tous les flegmes ou alcools bruts contiennent, suivant leur provenance, des quantités d'acide différentes, et que non-seulement ces proportions d'acide diffèrent avec la provenance, mais encore que, dans une même usine, opérant toujours sur le même produit et fermentant de la même manière, les quantités d'acide contenues dans les flegmes diffèrent d'un jour à l'autre dans de grandes proportions.*

On ne peut donc agir par tâtonnement dans les premières opérations de saturation, par le motif que l'expérience ainsi acquise ne peut servir pour les opérations ultérieures, qui diffèrent toutes de la première. Il faut donc, suivant nous, examiner le point d'acidité des flegmes, chaque fois qu'on en charge le rectificateur, et en opérer la saturation exacte; ce que dit M. Payen, page 386 de son *Précis de chimie*, est vrai. « Si l'on emploie un excès de ces bases alcalines, on donne naissance à de nouveaux produits odorants qui infectent l'alcool. » Cela prouve *que les acides ou les alcalins, combinés à l'alcool sous l'action d'une certaine température, donnent l'un et l'autre naissance à des produits infects.* Notre procédé nouveau consiste à opérer la rectification de flegmes neutres, et nous arrivons ainsi à d'excellents résultats, par une méthode particulière que nous enseignons à nos clients.

CHAPITRE IX.

Conduite de la rectification.

Cette opération très-délicate exigeait avec les anciens appareils, de la part de l'opérateur, une attention très-soutenue.

Notre appareil a vaincu, par sa docilité, cette surveillance de chaque instant, qui ne laissait pas que de beaucoup fatiguer l'ouvrier chargé de ce travail ; effectivement, les anciens appareils, non munis d'un régulateur, précieux guide, souvent mal construits, abandonnés à eux-mêmes, ne peuvent fonctionner qu'imparfaitement.

Notre appareil fonctionne de la manière suivante :

On charge la chaudière A, dont la contenance varie, suivant les dimensions des appareils, entre 40 et 700 hectolitres, de *flegmes* de 40 à 50°, et l'on fait arriver la vapeur dans le serpentin. Le liquide s'échauffant peu à peu, les premières vapeurs montent, se condensent en chauffant la colonne B, puis finissent par arriver dans le condensateur tubulaire C; à ce moment, on ouvre le robinet 4, afin d'établir l'alimentation d'eau froide; les vapeurs sont alors en partie condensées et retournent dans la colonne par le tuyau H de rétrogradation, pour garnir successivement tous les plateaux.

Dès que tous les plateaux sont garnis d'alcool, on diminue l'arrivée de l'eau froide dans le condensateur C, de manière à ne plus condenser que les 2/3 de la vapeur arrivant dans le condensateur; l'autre tiers se rend dans le réfrigérant D, et de là dans l'éprouvette.

Les premiers produits sont à 94° très-éthériques, d'une odeur âcre et forte; on les envoie au réservoir à mauvais goût; ensuite l'alcool s'épure graduellement, il est d'une qualité supérieure au premier et se mélange aux alcools bruts de l'opération du lendemain ; après commence, par le fractionnement, le 3/6 bon goût qui se reconnaît par sa neutralité, sa douceur et sa limpidité ; il se continue presque jusqu'à la fin de l'opération.

En admettant, ainsi que nous l'avons dit plus haut, que la chaudière soit chargée de flegmes à 50°, l'opération commence dès que le liquide atteint 85°, et elle est terminée dès que la température s'élève à 102° ; c'est-à-dire qu'il ne reste plus d'alcool dans l'eau contenue dans la chaudière. Ces constations se font au moyen d'un instrument spécial construit pour les appareils Savalle.

On ferme alors le robinet d'amenée de vapeur qui chauffait l'appareil, et comme il n'y a plus de pression dans la colonne B, les plateaux se vident successivement de haut en bas sur le plateau inférieur qui communique au réservoir à mauvais goût par un robinet à trois eaux ; à cette période de l'opération, les plateaux de la colonne ne contiennent plus que des huiles essentielles et de l'alcool mauvais goût; on les envoie dans le réservoir où l'on a logé les produits éthérés au début de l'opération (1).

Par notre système de déchargement des plateaux de colonne, les huiles essentielles ne viennent jamais salir le condenseur ni le réfrigérant de l'appareil; elles restent dans les plateaux inférieurs de l'appareil, et ces derniers se trouvent nettoyés par le peu d'alcool, à fort degré, qui tombe des plateaux supérieurs.

Pendant que la colonne se vide, on ouvre le robinet n° 3, vidange de la chaudière, puis on la remplit de nouveaux flegmes, et on recommence l'opération.

Cet appareil produit des alcools ne pesant pas moins de 96 à 97 degrés. Le régulateur de vapeur, qui est une des ses parties essentielles, en rend la marche parfaitement régulière et facile à surveiller, et il contribue ainsi à la bonne qualité des produits.

L'éprouvette (fig. 6, page 23), qui est munie d'un thermomètre

---

(1) M. Payen, dans sa dernière édition (*Précis de Chimie industrielle*), parle de ce procédé; il appartient tout entier à notre regretté père, M. A. Savalle, qui en faisait usage à son usine de Saint-Denis (Seine).

M. Payen, dont la bonne foi a été surprise, a cru devoir prêter à M. *** le mérite de cette invention. Nous tenions à relever ce fait.

et d'un aréomètre, indique en même temps au distillateur la température, le degré, la vitesse d'écoulement de l'alcool rectifié, et elle le prévient du moment où il doit goûter, afin d'en opérer le fractionnement.

Nos appareils sont très-bien construits, d'un nettoyage facile, d'une marche sûre et parfaitement régulière.

CHAPITRE X.

Frais pour rectifier un hectolitre d'alcool et devis du matériel des usines de rectification.

On nous demande souvent ce que dépensent les usines de rectification montées par notre maison, pour la rectification de leurs alcools. Voici ce renseignement :

Les frais pour produire la rectification, par nos appareils, de *cent* litres de 3/6, sont évalués à 3 fr. 75 c. dans les petites usines et à 3 francs seulement dans les grandes.

Dans une usine produisant par jour 2,000 litres de 3/6 fin, les frais se répartissent comme suit :

Par hectolitre d'alcool fin.

Combustible 40 kilogr.	Fr.	1	»
Perte de 2 litres d'alcool brut		1	20
Main-d'œuvre		1	»
Frais généraux, intérêts et amortissement		»	55
Total	Fr.	3	75

Ces frais sont encore diminués quand, au lieu de considérer un établissement créé spécialement en vue de la rectification des alcools, on considère cette opération faite dans une distillerie agricole et comme *complément du travail* de celle-ci.

Plusieurs grandes usines de rectification des environs de Paris nous ont communiqué le chiffre moyen de la dépense de charbon pendant la campagne dernière. Cette dépense a été de 32 kilog. par hectolitre, pour les usines qui n'ont pas à élever l'eau de condensation ; elles achètent l'eau de Seine toute élevée. Cette dépense moyenne a été de 38 kilogrammes, soit 6 kilogrammes en plus par hectolitre d'alcool, pour celles qui ont une machine à vapeur et qui pompent elles-mêmes l'eau nécessaire à la condensation.

Pour créer un établissement de rectification des alcools de betteraves, de pommes de terre, de maïs dans le nord, ou d'alcools de vins ou de marcs dans le midi de la France, il faut, suivant l'importance du travail, un matériel qui, très-complet, se compose des parties détaillées dans les devis suivants. Le local pour ce matériel peut être très-restreint, et nous utilisons souvent des bâtiments existants dont on nous remet les dimensions, et que nous approprions au travail qu'on se propose d'exécuter.

DEVIS APPROXIMATIF DU MATÉRIEL COMPLET D'UNE USINE DE RECTIFICATION DES ALCOOLS

produisant, par 24 heures, de 2 000 à 2.400 litres de 3/6 fin, de 96 à 97 degrés

1° **Générateur de vapeur** de douze chevaux, avec garniture en fonte.......................... Fr.	1.650
2° **Machine à vapeur :**	
Pompe à eau froide................................	
Pompe alimentaire du générateur....................	3.250
Pompe à 3/6 brut...................................	
Transmission.......................................	
3° **Appareil de rectification** n° 2, avec chaudière en tôle..	8 000
(Augmentation dans le cas de chaudière en cuivre, 3.500 fr.)	
4° **Réservoirs :**	
Un pour l'alcool brut, de .... 100 hectolitres	
Un pour les 3/6 fins, de............. 50 —	1.650
Un pour l'eau froide, de............. 25 —	
Un pour l'eau chaude, de............. 15 —	
5° **Tuyauterie et robinetterie** des appareils de l'usine, environ	1.700
Prix du matériel complet........ Fr.	16.250

DEVIS APPROXIMATIF DU MATÉRIEL COMPLET D'UNE USINE DE RECTIFICATION DES ALCOOLS

produisant, par 24 heures, de 3.600 à 4.000 litres de 3/6 fin, de 95 à 97 degrés.

1° **Générateur de vapeur** de 20 chevaux........ Fr. 2.680

2° **Machine à vapeur:**
Pompe à eau en fonte..........................
Pompe alimentaire du générateur.....................
Pompe à alcool brut en bronze......................
Transmission de force.......................... } 5.800

3° **Appareil de rectification** n° 4, avec chaudière en tôle.. 11.000
(Si l'on veut une chaudière en cuivre rouge, l'augmentation est de 4.500 francs).

4° **Réservoirs:**
Un pour les alcools bruts, de .... 200 hectolitres
Un pour les 3/6, de .... 100 —
Un pour les 3/6 mauvais goût à retravailler, de........................ 50 —
Un pour l'eau froide, de.............. 40 —
Un pour l'eau chaude, de............. 15 — } 3.000

5° **Tuyauterie et robinetterie** des appareils de l'usine, environ 2.520

Prix du matériel complet........ Fr. 28.000

DEVIS APPROXIMATIF DU MATÉRIEL COMPLET D'UNE USINE DE RECTIFICATION DES ALCOOLS

produisant, par jour de 24 heures, de 6.200 à 7.000 litres de 3/6 fin, de 95 à 97 degrés.

1° **Générateur de vapeur** de 30 chevaux............	5.300
2° **Machine à vapeur :**	
Pompe à eau en fonte..........................	7.000
Pompe alimentaire pour le générateur..............	
Pompe à alcool brut en bronze....................	
Transmission de force..........................	
3° **Appareil de rectification** n° 5...............	20.000
(Si l'on achète la chaudière en cuivre rouge, l'augmentation est de 7.500 francs).	
4° **Réservoirs.**	
Un pour les alcools bruts, de......... 300 hectolitres	4.370
Un pour les 3/6 fins, de............. 200 —	
Un pour les 3/6 mauvais goût à retravailler, de...................... 75 —	
Un pour l'eau froide, de............. 60 —	
Un pour l'eau chaude, de............ 40 —	
5° **Tuyauterie et robinetterie** des appareils de l'usine, environ....................................	4.330
Prix du matériel complet..... Fr.	41.000

CHAPITRE XI.

Appareil de distillation et de rectification combinées pour la production des 3/6 de vins, de marcs, de pommes de terre, de grains, de figues, etc., et pour la fabrication des genièvres, des cognacs et eaux-de-vie de toutes les sortes.

Les appareils du système Derosne et les autres employés dans le midi de la France sont défectueux et *ne peuvent rectifier les alcools, par le motif qu'ils fonctionnent à continu.*

L'opération de la rectification des alcools comporte trois périodes bien distinctes.

Le début de l'opération a lieu de 80 à 85 degrés de température ; durant ce temps, l'appareil produit les alcools éthérés. Le milieu de l'opération a lieu de 86 à 100 degrés de température ; c'est la période pendant laquelle se forment les alcools bon goût. La fin du travail a lieu de 101 à 102 degrés. C'est alors qu'on expulse de l'appareil les alcools amyliques.

Les appareils du Midi, dont le travail est continu, fonctionnent toujours à la même température, qui est supérieure à 86°. Chaque fois qu'on les alimente d'une quantité nouvelle de matières à distiller, les alcools éthérés contenus dans ces matières passent à la distillation et gâtent le produit. — *Voilà pourquoi les alcools de vins du Midi ne peuvent pas servir au vinage ; voilà pourquoi on leur préfère pour ce travail les alcools du Nord rectifiées ; — voilà encore pourquoi les 3/6 de marcs sont exécrables.*

Les alcools produits dans le Midi par les appareils anciens, sont donc chargés de tous les éthers ; ils sont aussi saturés de tout l'alcool amylique, parce que ce dernier ne se sépare complétement que par les appareils qui atteignent au moins une force alcoolique de 95 degrés centésimaux. *Les 3/6 du Midi sont des alcools bruts, qui demandent à être rectifiés pour devenir de l'alcool bon goût, de vins ou de marc.*

Par notre nouvel appareil, nous opérons la distillation et la rectification immédiate des produits, mais avec séparation des mauvais goûts. Voici la légende explicative de cet appareil, représenté par la figure 10, et de son fonctionnement :

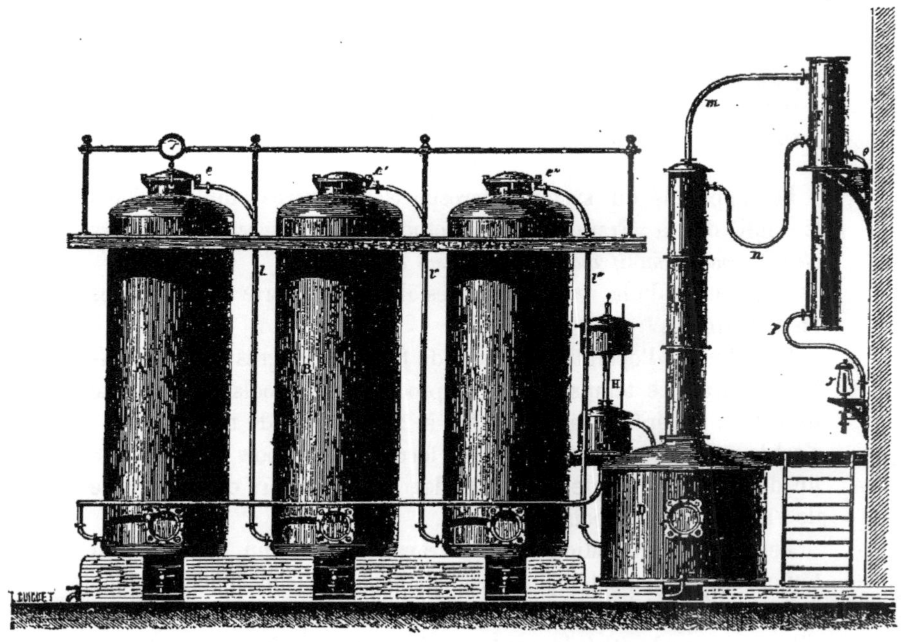

Fig. 10. — Appareil de distillation des marcs et des vins.

A. B. C. — Cylindres en tôle ou en cuivre, munis, intérieurement, de grilles entre lesquelles se plaçent les marcs à distiller.

D. E. F. G. — Différentes parties qui constituent l'appareil de rectification.

D. — Chaudière où se chargent les alcools secondaires de l'opération précédente.

E. — Colonne de rectification.

F. — Condenseur analyseur.

G. — Réfrigérant tubulaire.

H. — Régulateur de vapeur.

R. — Éprouvette graduée.

M. — Col de cygne des vapeurs alcooliques.

N. — Rétrogradation des alcools faibles.

P. — Tuyau de réception pour l'éprouvette.
O. — Tuyau reliant le condenseur au réfrigérant.

Les cylindres A. B. C. étant chargés de marcs, et la chaudière D étant chargée d'alcools secondaires, on met la vapeur d'eau d'un générateur dans le cylindre A. La distillation des marcs commence; elle passe par *l* pour mettre en ébullition le cylindre B et de, là par *l'* le cylindre C.

Les vapeurs alcooliques de ce dernier cylindre passent par *l'''*, pour mettre en ébullition l'alcool contenu en D, et là la rectification des alcools s'opère par fractionnement à l'éprouvette R. — Comme nous l'avons déjà dit, les alcools éthérés arrivent en premier lieu; ils sont mis à part; vient ensuite une partie d'alcool secondaire qu'on réserve pour la charge suivante, et, enfin, on obtient le 3/6 bon goût débarrassé d'empireume.

Les alcools infects amyliques surviennent pour clore le travail.

Les 3/6 fins de marcs ainsi obtenus sont excellents. Ils s'emploient dans le Midi à viner les vins, et bien souvent on les mélange à l'alcool de vin et on les vend comme tels; leur qualité justifie complétement ce mélange.

Nous avons construit des appareils avec les trois cylindres pour les marcs. Nous en avons aussi établi plusieurs à deux cylindres; et quand les appareils sont plus particulièrement destinés á la distillation des vins, nous les établissons, comme l'indique la figure 11, à un seul cylindre ou chaudière qui reçoit en ce cas les vins à distiller, tandis que les produits secondaires sont toujours rechargés dans la chaudière B.

Fig. 11. — Appareils combinés pour la distillation et la rectification des eaux-de-vie de cognac ou d'autres provenances, pour la fabrication des 3/6 du Midi, celle des genièvres, des tafias ou des rhums.

Voici la légende explicative du fonctionnement des divers organes de cet appareil :

A. — Chaudière (de 100 hectolitres) en cuivre, où se chargent les vins ou autres matières à distiller.

B. — Chaudière (de 75 hectolitres) en tôle où se chargent les alcools secondaires de l'opération précédente.

C. — Colonne de rectification et d'épuration de l'alcool.

D. — Condenseur-analyseur.

E. — Réfrigérant.

F. — Régulateur de vapeur.

G. — Réservoir à eau froide muni de son trop-plein.

H. — Réservoirs et cuve de vitesse où se prépare et se chauffe à l'avance le chargement de l'appareil.

II.— Trous d'homme en bronze pour entrer dans la chaudière.

O. — Éprouvette graduée recevant les produits.

P. — Tube de sûreté.

R. — Conduit d'alimentation d'eau au réfrigérant et au condenseur.

S. — Rétrogradation des alcools faibles du condenseur vers la colonne.

T. — Entrée des rétrogradations sur le haut de la colonne pour produire des alcools à forts degrés.

U. — Rétrogradation sur la colonne pour produire des eaux-de-vie.

1. — Robinet de vapeur chauffant les vins en A.

2. — Robinet de vapeur pour la fin des opérations dans la chaudière B.

3 et 4. — Robinet de vidange et de charge.

5. — Soupape du régulateur de vapeur.

6. — Robinet à trois eaux pour diriger la rétrogradation du condenseur, soit au bas ou sur le haut de la colonne.

7 et 8. — Niveaux d'eau.

9 et 10. — Soupapes reniflards pour éviter le vide.

Voici comment on opère la mise en train. On charge la chaudière A de vins ou de marcs à distiller, puis on y introduit la vapeur de chauffage. La distillation commence. Les vapeurs alcooliques passent dans la chaudière B, montent dans la colonne C et se rendent dans le condenseur D. Là une partie de ces vapeurs sont condensées ; c'est-à-dire ramenées à l'état liquide et s'écoulent par la rétrogradation S et le robinet n° 6. Pour produire des alcools à 96 degrés, on renvoie le produit de cette rétrogradation par T sur les plateaux supérieurs de la colonne. Si, au contraire, on veut produire des eaux-de-vie à 58 ou à 75 degrés, on dirige cette rétrogradation par U sur le premier tiers des plateaux de la colonne; les vapeurs non condensées en D passent au réfrigérant E et viennent à l'état liquide se déverser dans l'éprouvette O. Les premiers produits sont éthériques ; on les met à part. Vient ensuite la production des alcools bon goût, et enfin arrivent les alcools amyliques et de mauvais goût, qui sont aussi éliminés. Pour l'opération suivante, on charge les alcools secondaires de la veille dans la chaudière B. La conduite du travail est très-sûre et très-facile, grâce à l'emploi du régulateur de chauffage F.

Ce dernier appareil fournit d'un seul coup des eaux-de-vie excellentes, de Cognac, d'Armagnac, de la Rochelle, des Charentes ou du Midi; car au lieu de lui faire produire du 96 degrés, il donne à volonté 50 à 60 ou à 72 degrés centésimaux, et cela par une seule et unique opération.

Nous appliquons ce nouvel appareil non-seulement aux distilleries des pays vinicoles, mais aussi aux distilleries agricoles de grains et de pommes de terre, et à celles qui fabriquent les 3/6 ordinaires et les genièvres (1). Afin de profiter du calorique perdu de la distillation et de la rectification, nous joignons à ces appareils une cuve de vitesse H, dans laquelle la matière fermentée à distiller se trouve chauffée avant d'entrer dans l'appareil.

L'appareil représenté par la figure 11 est de force à produire par jour 2,000 litres de 3/6 rectifiés de vins titrant 96 degrés, ou à volonté 4,000 litres d'eau-de-vie de Cognac ou autres. Son prix est de 15,000 francs. — Nous établissons des appareils plus petits ou plus grands, à la demande de nos clients; le prix de ces appareils varie avec leurs dimensions et suivant la quantité de travail qu'on veut obtenir par jour.

---

(1) Aux colonies, nous l'appliquons à la fabrication des rhums.

CHAPITRE XII.

Les distilleries agricoles de betteraves.

La distillerie agricole est indispensable à toute exploitation agricole bien montée, *c'est la fabrique d'engrais à bon marché* et, par conséquent, l'objet le plus essentiel et le plus indispensable en agriculture.

Quoique la question d'engrais soit la première à considérer dans la création de ce genre d'établissement, il ne faut pas y perdre de vue la *production économique et parfaite de l'alcool*, qui doit venir payer les engrais et laisser, en outre, au cultivateur un bénéfice raisonnable, et pour cela, nous conseillerons aux agriculteur, de multiplier le plus possible *les distilleries bien installées*, avec un matériel très-complet, laissant à la ferme tous les bénéfices, tous les produits à tirer de ce genre de travail.

Car si les distilleries bien montées donnent de beaux résultats, celles qui le sont mal, ou imparfaitement, n'en donnent que de négatifs à leurs propriétaires.

Il faut donc, pour qu'une distillerie agricole soit dans de bonnes conditions, *que son travail soit d'une certaine importance*, de 10,000, 15,000, 20,000 ou 30,000 kilog. de betteraves par vingt-quatre heures, afin que les frais de main-d'œuvre soient relativement réduits.

Il faut *que cette distillerie fonctionne par la vapeur*, afin d'obtenir le fonctionnement régulier des appareils mécaniques et de distillation et rectification. Un générateur à bouilleurs coûte peu et les gens de la ferme apprennent bientôt à s'en servir.

Les distilleries qui n'emploient pas la vapeur, ne fonctionnent toujours que très-imparfaitement et perdent de l'alcool, par leurs appareils distillatoires chauffés irrégulièrement à feu nu.

Il faut, enfin, *qu'une distillerie agricole rectifie ses alcools bruts* et livre directement au commerce des alcools rectifiés. Sans cela, elle perd le bénéfice de la rectification, qui est considérable et, de plus, les frais de transport et de coulage sur l'alcool brut (ou flegme) qu'elle envoie souvent à de grandes distances pour les faire rectifier. Quand, au contraire, la rectification des alcools s'opère dans la ferme, il n'y a pas de frais de transports perdus, pas de frais de main-d'œuvre, d'éclairage, etc.; car l'ouvrier distillateur qui surveille l'appareil à flegmes, surveille aussi le rectificateur; la même lampe éclaire les deux appareils, et dans le magasin à alcool moins de main-dœuvre encore; car, au lieu d'expédier et d'enfûter des flegmes à 50 degrés, c'est-à-dire contenant moitié d'eau, on expédie des alcools fins à 97 degrés.

C'est condamner à l'infériorité et même l'insuccès une distillerie agricole, que de la monter à feu nu; car on l'empêche de rectifier ses alcools, et on la force ainsi à laisser la plus belle part de ses bénéfices dans les mains de distillateurs mieux outillés.

On nous objectera que tous les fermiers ne pourront pas avoir une distillerie aussi complète, à cause du prix du matériel: nous renverrons ces personnes au travail de M. Michel Greff, sur les *Distilleries communes*, et nous leur conseillerons de monter une distillerie par association pour arriver à l'avoir dans de bonnes conditions, ou se résigner à ne pas en avoir, plutôt que de perdre du temps et de l'argent à en installer une imparfaitement.

Nous trouvons dans le *Journal de l'Agriculture* de M. J.-A. Barral, un article intitulé : *les Distilleries communes*, de M. Michel Greff. Nous le soumettons à nos lecteurs; car nous avons eu occasion de visiter et d'étudier en Allemagne ce genre de distillerie, qui procure à ses propriétaires de grands bénéfices.

« Les distilleries communes.

» Dans une courte causerie (*Bulletin* du 11 janvier 1868), j'ai indiqué les avantages qui résulteraient, pour les habitants de la campagne, de l'adoption de fours communs. L'introduction dans les villages de distilleries communes réaliserait un autre progrès économique non moins important. On admet que les résidus de la distillation des pommes de terre sont, pour les bestiaux, aussi nourrissants et d'une assimilation plus facile que les tubercules non distillés. L'eau-de-vie retirée de ce végétal est donc un bénéfice à peu près net, puisqu'elle n'exige guère plus de combustible que la cuisson et le réchauffement des pommes de terre livrées intactes aux animaux. Ce bénéfice est tel, que des fermiers de ma connaissance paient actuellement le loyer de leurs exploitations avec le produit supplémentaire fourni par la récolte des pommes de terre. Ceux qui savent compter un tantinet, comprendront quelle mine inexploitée les petits cultivateurs ont sous la main. Pourtant un bien petit nombre de ceux-ci profitent de cet avantage. Pourquoi cela? Sont-ils ignorants de leurs intérêts ou indifférents au gain, au point de dédaigner cette source de profits ? Hélas ! non, ils savent quel bénéfice on peut retirer des pommes de terre par la distillation, et ils gémissent de ne pouvoir le réaliser, eux qui ont tant besoin; mais pour distiller, il faut un matériel spécial, et le plus grand nombre n'en peut pas faire la dépense. Ceux mêmes qui ont pu se procurer ce matériel, doivent se contenter d'un résultat fort incomplet, parce que leur outillage est nécessairement imparfait, primitif. Mais admettons, par impossible, que tous les petits cultivateurs d'une commune puissent faire les frais d'une distillerie rudimentaire : quelle dépense inutile pour de minces résultats ! En effet, cent de ces installations coûteraient 120,000 francs, tandis qu'une distillerie perfectionnée commune ne coûterait pas plus de 25,000 à 30,000 francs.

» Ainsi, économie considérable dans l'établissement, réunissant à l'excellence du système l'économie et la supériorité dans la fabrication, telles sont les considérations qui recommandent les distilleries communes. Elles permettraient, de plus, de mettre constamment à la disposition des associés des résidus frais. Ces résidus mélangés, selon le but qu'on se propose, de farines, de son, de balles de trèfle ou de blé, de foin haché, de menue paille..., constituent une excellente nourriture pour le bétail.

» Je ne m'arrête pas aux détails relatifs à l'établissement et à l'exploitation de la distillerie commune. Il existe partout des distilleries particulières qui peuvent servir de modèles. Ils ne manquent pas non plus, les hommes capables de combiner le mécanisme à une pareille entreprise, et de le faire fonctionner à la satisfaction de tous les intéressés. Une seule chose, une chose capitale nous manque, à nous autres Français : l'esprit d'initiative. On dirait que nous tenons absolument à convaincre les autres peuples que nous sommes et que nous voulons demeurer les dignes fils du charretier embourbé. Que ceux qui trouvent ce rôle indigne d'eux protestent par la création d'industries agricoles communes, dues à leur influence et à leur dévouement ! » — MICHEL GREFF.

Ce qui se fait en Prusse pour les distillèries de pommes de terre peut s'appliquer plus avantageusement encore en France à l'érection des distilleries de betteraves. Dix cultivateurs mettant chacun 3,500 francs, créeront une distillerie modèle parfaitement installée, *fonctionnant à la vapeur et livrant directement à la consommation ses produits rectifiés, à l'état d'alcool fin.*

Un tel établissement sera dans des conditions bien meilleures que la plupart des distilleries agricoles actuelles, dont l'installation est vicieuse et incomplète. En effet, ces distilleries marchent à feu nu et perdent ainsi parfois plus de 20 pour 100 d'alcool ; elles ne travaillent que lentement, et laissent s'altérer une partie de leurs betteraves. Enfin, ces distilleries ne produisent que des flegmes, et laissent au rectificateur un bénéfice considérable que la distillerie agricole bien montée doit se réserver.

CHAPITRE XIII.

Simplification de la main-d'œuvre et accélération du travail de la macération.

Afin de simplifier le travail des distilleries agricoles et de réaliser une économie notable sur la main-d'œuvre à la macération

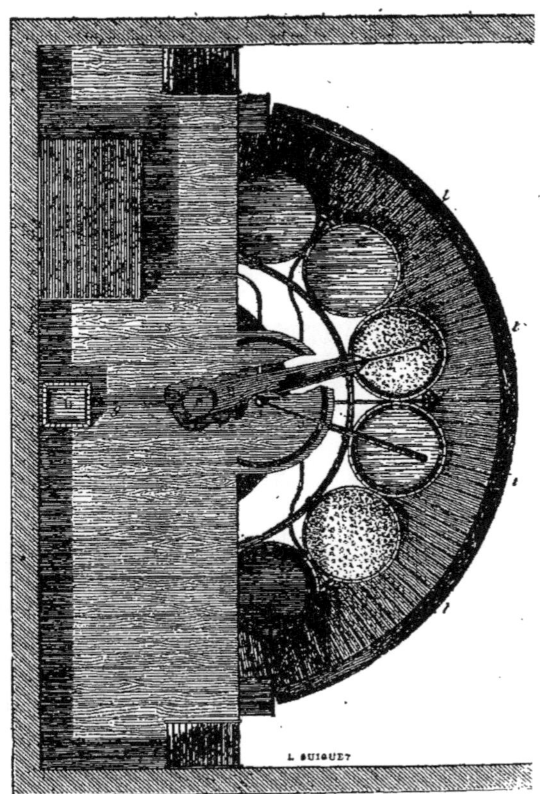

Fig. 13. — Plan du nouveau système de distribution des cossettes avec installation nouvelle des macérateurs.

des betteraves, nous avons combiné un montage bien simple, par lequel la betterave se rend mécaniquement dans le coupe-racines et tombe de là, naturellement, dans chaque macérateur. Voici le plan de cette installation, dont nous nous sommes, du reste, réservé la propriété par un brevet.

Légende explicative des figures 12 *et* 13. — La betterave lavée est evée au moyen d'une courroie en caoutchouc, dans une rigole qui communique à l'entonnoir du coupe-racines A; réduite en cossettes, elle tombe naturellement dans la rigole de distribution B, et cette dernière, en tournant sur un pivot central et le rail posé sur les macérateurs, communique la cossette alternativement dans chacun de ces derniers.

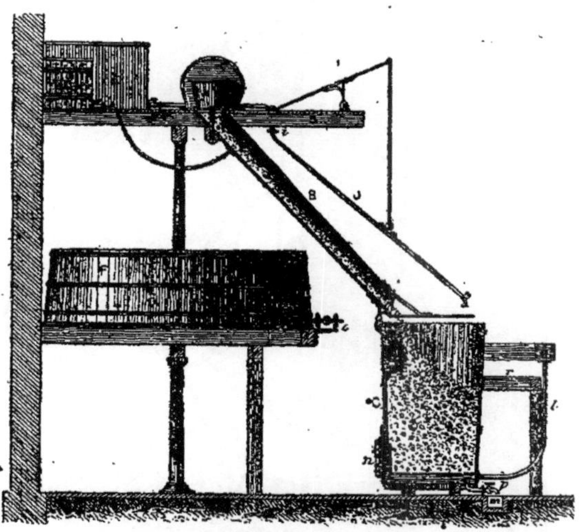

Fig. 12. — Élévation du nouveau distributeur de pulpes et d'eau acidulée.

On ne pouvait remplacer par un mécanisme plus simple le travail des hommes employés dans les distilleries à mettre la betterave [dans le coupe-racines et à élever ensuite les cossettes pour les jeter à la pelle dans les macérateurs. Outre l'économie de main-d'œuvre, il y a perfection dans le travail, parce que les cossettes restent moins de temps exposées à l'action de l'air, et qu'elles sont déposées dans les macérateurs avec une légèreté et une régularité que l'ouvrier le plus habile ne saurait atteindre. On évite, par l'emploi de ce distributeur, les pelottes de cossettes compactes que la macération n'attaque pas et qui sont perdues pour la distillerie.

La distribution de l'acide étendu se fait du réservoir D par un conduit en caoutchouc qui se rend directement dans la rigole de distribution des cossettes. Cette distribution est ainsi simplifiée, car dans l'ancienne distribution, il faut un tube et un robinet distributeur à chaque macérateur.

En industrie, l'outillage le plus simple est le meilleur; cette installation nouvelle du travail de la macération rendra et rend déjà de grands services, en diminuant les frais de fabrication et en augmentant, par sa rapidité, le rendement alcoolique de la betterave.

CHAPITRE XIV.

Distillerie de betteraves de M. Camille de Laminet, à Gattendorf.

En Autriche, nous avons monté plusieurs distilleries de betteraves dans le local d'anciennes distilleries de pommes de terre ou de mélasses. Celle de M. Camille de Laminet, à Gattendorf par Vienne, est dans ces conditions; elle est installée dans un ancien bâtiment qu'il a mis à notre disposition, et pour ce motif, l'espace employé est un peu grand; mais la disposition du matériel est très-commode, et nous avons fait exécuter le plan de cette distillerie pour le donner ici.

La figure 14 représente le plan dont voici la légende:

A. — Magasin à betteraves.

b. — Laveur.

c. — Monte-betteraves.

B. — Macération.

d. — Coupe-racines; il se charge mécaniquement de betteraves et se décharge naturellement de ses cossettes, qui, par la rigole à mouvement rayonnant, se rendent à volonté dans chacun des macérateurs.

e. — Série des macérateurs.

C. — Quatre cuves de fermentation bien groupées, pour diminuer le coût des tuyaux de communication des jus et de vidange vers la pompe.

D. — Emplacement des appareils de distillation et de rectification, et du réservoir à flegmes.

Les réservoirs à jus fermentés et à eau froide sont portés sur le mur pour éviter un plancher et d'autres frais de suspension.

E. — Magasin à 3/6 où il se garde, dans un grand réservoir en tôle à l'abri de l'évaporation et du coulage, jusqu'au moment de l'expédition

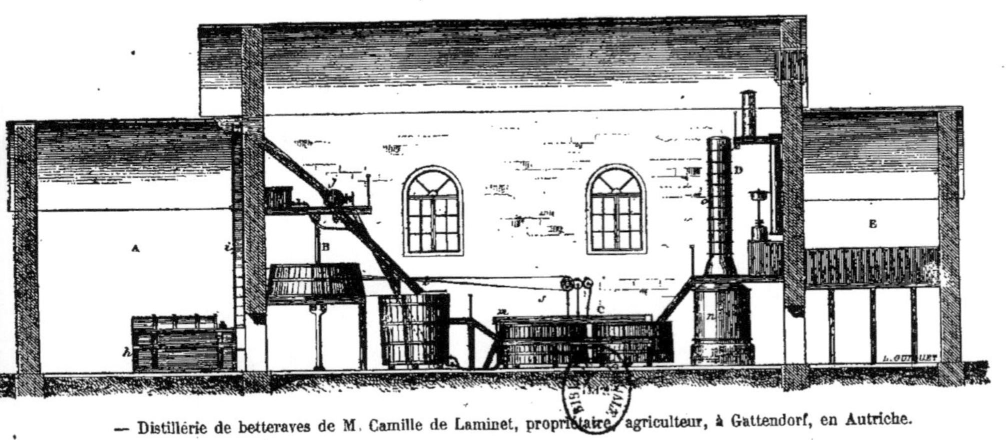

— Distillérie de betteraves de M. Camille de Laminet, propriétaire, agriculteur, à Gattendorf, en Autriche.

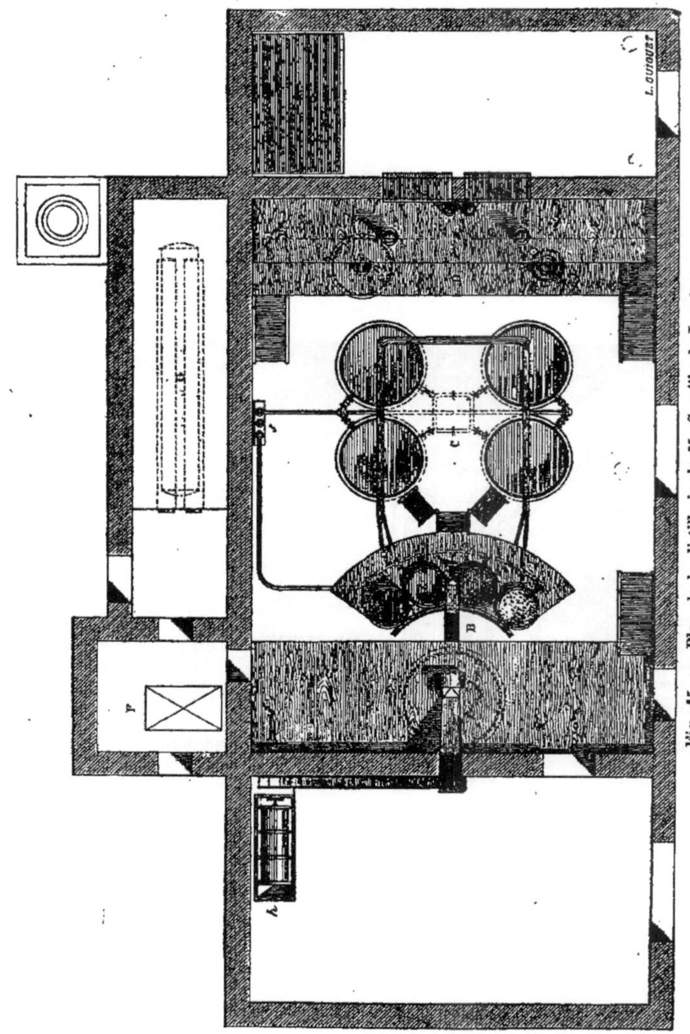

Fig. 15. — Plan de la distillerie de M. Camille de Laminet.

F. — Local du générateur et G, celui de la machine à vapeur que surveille aussi le chauffeur.

La figure 15 représente l'élévation du plan des diverses parties de ce matériel.

Nous appliquons cette disposition aux petites et aussi aux distilleries de betteraves de grande dimension. Celle de M. Karl Kammel et Ce, à Grusbach, près de Vienne, est installée ainsi, pour un travail journalier, de 35 à 40,000 kilog. de betteraves.

CHAPITRE XV

Distillerie de betteraves de M. Robert Campbell, à Buscot-Park (Angleterre).

Nous étudions depuis quelque temps un mouvement remarquable qu'il est intéressant de signaler. Après avoir fourni, durant une longue période d'années, à notre agriculture nationale et au monde entier, ces admirables instruments qui ont fait faire tant de progrès aux travaux des champs, les inventeurs anglais et américains assistent aujourd'hui, chez eux, à un spectacle contraire. C'est nous qui non-seulement leur envoyons leurs engins avec l'adonction d'utiles perfectionnements; mais c'est nous encore qui leur fournissons des appareils qu'ils appliquent avec succès à leur culture industrielle. C'est ainsi que nous venons de terminer le montage, en Angleterre, de la première distillerie de betteraves. Cet établissement est situé dans la belle propriété de M. Robert Campbell, ancien membre du Parlement et très-habile agriculteur, qui a réalisé à Buscot-Part (comté de Berkshire) des travaux qui excitent la surprise autant que l'admiration.

Nous allons entrer dans quelques détails au sujet de cette exploitation agricole, qui compte plus de 2,500 hectares, et pour laquelle il a fallu élever une distillerie très-importante, capable de produire des résidus suffisants pour l'engraissement de 20,000 moutons et de 5,500 bœufs. La betterave, contrairement aux préjugés établis, vient très-bien en Angleterre. M. Campbell a obtenu cette année, pour un premier essai, 45,000 kilogr. à l'hectare, et ces racines titrent, d'après les résultats des analyses exécutées par M. Jacques Barral, chimiste à Londres, de 10 à 12 pour cent de sucre.

Les charrues à vapeur et les autres puissantes machines agricoles que M. Robert Campbell emploie dans son exploitation, servent admirablement bien la culture de la betterave, qui exige un labour profond et des terres parfaitement propres et préparées. Les cinq charrues à vapeur de Buscot-Park sont du système de John Fowler. Elles peuvent retourner le sol à un mètre de profondeur Chacun de ces instruments laboure, par vingt-quatre heures (car ils fonctionnent nuit et jour), dix hectares. M. Campbell estime le coût du labour à vapeur à 5 francs l'hectare, tandis qu'exécuté avec des bœufs ou avec des chevaux, la même quantité revient à 25 francs environ.

Pour peindre fidèlement Buscot-Park, un volume serait à peine suffisant. Il faudrait décrire la Tamise, qui borde cette grande exploitation et qui fournit les énormes forces motrices hydrauliques appliquées aux irrigations opérées sur une vaste échelle ; il faudrait faire connaître l'immense bassin central qui contient, avec les compartiments superposés, trois millions de mètres cubes d'eau destinés à répandre la fertilité dans les prairies. Nous laissons cette description à des hommes plus compétents que nous, à M. Barral, rédacteur en chef du *Journal de l'Agriculture*, par exemple, qui saura décrire avec son éloquence exacte et savante, les merveilles de l'agriculture anglaise, comme il nous a déjà initiés aux progrès accomplis dans nos célèbres cultures du nord de la France, et nous revenons spécialement à la distillerie de Buscot-Park.

On a installé à cet établissement, pour mode d'extraction des jus de betteraves, les nouvelles presses continues du système d'un de nos compatriotes, de M. Collette, de Séclin (Nord). Neuf presses sont actuellement montées, et le local construit *ad hoc* est préparé pour en recevoir quarante. Les presses actuelles font en quinze heures l'extraction des jus de cent cinquante mille kilogrammes de betteraves. Les cuves de fermentation ont été établies à Paris ; elles sont de la contenance de 300 hectolitres chacune. Les pompes à vins et autres viennent de chez MM. Baudet et Boire, mécaniciens à Lille ; ce sont aussi ces messieurs qui ont construit les presses du système Collette.

Pénétrons maintenant dans le vaste local des appareils, déjà occupé cette année par deux énormes colonnes distillatoires et un rectificateur de notre système, et nous voyons encore une place laissée libre pour tripler dans peu de temps ces appareils. M. Robert Campbell a eu l'heureuse idée de joindre, comme annexe aux bâtiments élevés exprès pour donner asile à ces engins, un magasin destiné à loger tous les alcools produits dans une campagne. A cet effet, de vastes réservoirs en tôle ont été dressés pour contenir, à l'abri de tout coulage et de toute évaporation, les 3/6 prêts à être livrés quand les cours seront le plus rémunérateurs.

M. Robert Campbell a su déployer une rare énergie et une persévérante activité à la réalisation de ses idées. Nous l'avons vu à l'œuvre, et nous pouvons dire hautement qu'avec des hommes semblables, l'Angleterre sera longtemps à la tête du progrès. L'importation de l'industrie de la distillation des betteraves dans le Royaume-Uni apportera un élément nouveau à la prospérité et à la grandeur d'une nation qui sait adopter chez elle, sans parti pris et avec intelligence, les meilleures inventions du monde entier.

CHAPITRE XVI.

Extraction des jus de betteraves par les presses continues de M. Collette.

Nos lecteurs qui ont déjà pratiqué la distillation, connaissent tous les inconvénients de la macération ordinaire, dont le travail est lent et incomplet. M. Auguste Collette, fabricant de sucre et distillateur à Seclin (Nord), a inventé une presse continue qui est très-ingénieuse et qui permet d'obtenir des résultats très-remarquables, en épuisant d'une façon absolue la partie sucrée contenue dans la betterave, à l'aide d'une macération à la vinasse chaude entre deux pressions énergiques exercées par cette nouvelle machine.

Par les procédés ordinaires, les cossettes de betteraves restent de six à huit heures à macérer; tandis que par la presse Collette, l'extraction des jus prend à peine dix minutes. Cette rapidité de travail procure des fermentations supérieures et un rendement alcoolique plus élevé. On sait aussi que les pulpes de la macération usitée jusqu'ici, contiennent une énorme quantité d'eau, ce qui rend les transports très-coûteux. En outre, les pulpes de la macération s'altèrent promptement. Celles de la presse Collette peuvent se conserver intactes durant plusieurs années.

Voici la manière d'opérer pour arriver à ces résultats :

Les betteraves sont râpées; la pulpe tombant de la râpe est aspirée, au fur et à mesure de sa production, par une pompe foulante qui l'injecte sous une pression de une et demie à deux atmosphères dans les presses continues à l'action des cylindres perméables. Sous l'influence de ce double système, le jus se sépare de la pulpe en passant à travers les cylindres, s'écoule dans un tamiseur circulaire mécanique et, de là, est dirigé, dans un état d'épuration parfaite, dans les cuves de fermentation.

La pulpe, soumise à deux laminages successifs dans la même presse, s'échappe des cylindres parfaitement pressée à raison de 20 à 25 0/0 du poids des betteraves, selon leur nature plus ou moins ligneuse, et tombe à l'une des extrémités du délayeur-macérateur, où elle se trouve immédiatement en contact avec la vinasse chaude venant des colonnes à distiller.

Cette pulpe, dans sa circulation d'une extrémité à l'autre du délayeur-macérateur à palettes, subit, par le mouvement et la division des molécules, une macération tout à fait complète. Elle est alors aspirée de nouveau par une dernière pompe qui la foule dans d'autres presses semblables aux premières, où elle subit une pression aussi énergique que la première fois, et de là est dirigée par un conduit, directement à l'extérieur des bâtiments, dans les wagons ou les magasins. Le jus faible provenant de cette deuxième pression, additionné alors de la quantité d'acide nécessaire, s'écoule directement et en totalité sur la râpe, pour en faciliter les fonctions, en remplacement de l'eau employée habituellement.

De cette manière, la densité du jus de première pression mis en fermentation, au lieu d'être affaiblie, se trouve au contraire augmentée et peut-être amenée de 3 1/2 à 4 1/2, à la volonté du distillateur et selon les lois qui régissent les matières à fermenter.

La pulpe, dans son passage dans le macérateur à la vinasse, absorbe en abondance les matières azotées qui ont été coagulées par la chaleur dans les colonnes distillatoires et les conserve en grande partie après la pression ; c'est ce qui explique sa qualité exceptionnelle et sa supériorité pour la nutrition des bestiaux, sur toutes les pulpes connues jusqu'à ce jour. Sa conservation est d'autant plus facile et de plus longue durée, qu'elle se prête mieux que toute autre au tassement dans les silos, où elle ne forme plus qu'un bloc solide et entièrement privé d'air.

L'extraction du jus de la betterave par ce procédé, se fait pour ainsi dire à la minute et d'une façon tellement rapide, qu'il ne peut y avoir nulle part aucune cause d'altération. Aussi les jus conservent-ils leur couleur primitive; ils sont blancs ou roses, selon la nuance de la betterave râpée, et la pulpe est toujours d'une blancheur et d'une propreté remarquable, puisqu'elle ne peut, en aucun cas, contenir aucune impureté, même de la terre provenant du lavage incomplet des betteraves. C'est aussi à cette rapidité dans le travail d'extraction du jus, qu'il faut attribuer la beauté et la facilité des fermentations et par suite la qualité exceptionnelle des produits.

On peut résumer ainsi les avantages obtenus par l'emploi de la presse de M. Collette, représentée par notre figure 16 :

Fig. 16. — Presse continue de M. Collette, pour l'extraction des jus de betteraves.

1° Extraction complète de matière sucrée;

2° Qualité exceptionnelle de l'alcool, due à la rapidité du travail d'extraction du jus ;

3° Pulpe d'excellente qualité et d'une conservation facile, à cause de sa siccité et contenant les matières nutritives existant dans la vinasse ;

4° Économie de combustible, à cause de la densité élevée du jus à pistiller ;

5° Fermentations toujours très-bonnes, sans le secours de la levûre ;

6° Matériel simple à la portée de tous et d'un entretien prseque nul ;

7° Exiguité des bâtiments nécessaires pour l'extraction du jus ;

8° Facilité d'opérer aussi bien sur de très-grandes que sur de petites quantités.

Ajoutons que tous les établissements, soucieux de maintenir leurs produits à la hauteur de leur renommée, ont adopté ce système, et que les distilleries Savalle ont été les premières à l'introduire auprès de leurs appareils.

CHAPITRE XVII.

Rendement alcoolique des betteraves et prix de revient d'un hectolitre d'alcool.

En *Autriche*, les moyennes de rendement des usines installées par notre maison, a été jusqu'ici de 6 0/0 d'alcool fin à 90 degrés.

En *France*, ce rendement a été cette année de 5 litres 1/2 à 90 degrés, par 100 kilog. de betteraves.

Pour le rendement des betteraves en pulpe servant à la nourriture du bétail, 100 kilog. de betteraves fournissent, en moyenne, 65 kilog. de pulpes cuites, dont la valeur nutritive est supérieure à celle de la betterave crue.

Voici le prix de revient de cent litres d'alcool fin, d'après les livres d'une distillerie agricole, travaillant par jour 25,000 kilog. de betteraves :

1° Betteraves, 1,792 kilog. (soit 1,800), à 18 fr.	32 fr.	40
2° Charbon, 120 kilog. à 30 fr. la tonne	3	60
3° Acide, 2 kilog. à 20 fr.	»	40
4° Main-d'œuvre	3	»
5° Frais divers, intérêt, amortissement	5	60
	45	»
Dont il faut déduire 1,170 kilog. de pulpes, à 10 fr. la tonne	11	70
Les cent litres de 3/6 fin reviennent à	33	30
Le logement en pipes en bois a coûté	4	70
Prix net :	38 fr.	»

Cette usine a produit l'alcool fin à 38 fr. les cent litres, à 90 degrés.

Ce prix de revient varie suivant le rendement de la betterave et suivant le nombre des jours de travail ; mais il prouve que la distillerie agricole, bien montée, est et restera toujours une excellente opération.

CHAPITRE XVIII.

Devis approximatif de distilleries de betteraves.

Devis approximatif du matériel d'une distillerie travaillant par jour 25,000 kilog. (500 zentnern) de betteraves, et livrant au commerce ses produits rectifiés à l'état de 3/6 fin à 96 et 97 degrés.

1° Force motrice:		
Un générateur de vapeur de 25 chevaux		3.370 fr.
2° Moteur :		
Une machine à vapeur de 4 chevaux		1.800
Une pompe à eau		1.000
Une pompe à vins		
Une pompe à jus faibles		
Une pompe alimentaire		200
Transmissions de mouvement		1.100
3° Distillation des vins de betteraves :		
Colonne distillatoire avec régulateur		7.000
4° Rectification des alcools bruts.		
Rectificateur à chaudière tôle		7.000
5° Réservoirs en tôle :		
Un pour les alcools bruts, de	50 hectolitres.	1.000
Un pour les alcools rectifiés, de	50 —	
Un pour les alcools mauvais goût à retravailler, de	25 —	
Un pour les jus faibles, de	25 —	
Un pour l'eau froide, de	15 —	
Un pour l'eau chaude, de	15 —	
6° Macération :		
Un laveur de betteraves		400
Quatre macérateurs à établir en bois, sur place. Mémoire.		
Une cuve à vinasses	id.	
Un coupe-racines		350
7° Fermentation :		
Quatre cuves de 100 hectolitres en bois...... Mémoire.		
8° Tuyauterie et robinetterie de l'usine, environ		3.180
Matériel complet : Total		27.000fr.

Devis approximatif du matériel d'une distillerie travaillant par jour 35,000 kilog. (soit 700 zentnern) de betteraves, et livrant au commerce ses produits rectifiés à l'état de 3/6 fin à 96 et 97 degrés centésimaux.

1° Force motrice :

Un générateur de vapeur de 30 chevaux.............. 5.300 fr.

2° Moteur :

Machine à vapeur de 5 à 6 chevaux.................. 2.400

3° Pompes :

Une pour les jus fermentés.......................
Une à eau froide.................................
Une d'alimentation du générateur.................
Une à jus faibles................................ } 1.200

Transmission de mouvement, environ................ 1.200

4° Distillation des vins :

Une colonne distillatoire avec régulateur de vapeur..... 9.000

5° Rectification des alcools bruts :

Un rectificateur n° 1, à chaudière en tôle............. 8.000

6° Réservoirs en tôle :

Un pour les alcools bruts, de.....	100 hectolitres.	1.800
Un pour les alcools rectifiés, de....	50 —	
Un pour les jus faibles, de........	25 —	
Un pour l'eau froide, de..........	25 —	
Un pour l'eau chaude, de........	15 —	

7° Macération :

Un laveur à betteraves............................ 400

Six macérateurs en bois, à établir sur place.... Mémoire.

Une cuve à vinasses.......................... id.

Un coupe-racine, grand modèle...................... 400

8° Fermentation :

Six cuves en bois, de 100 hectolitres chacune. Mémoire.

9° La tuyauterie et robinetterie de l'usine, variant suivant la disposition des locaux 4.300

Matériel complet : Total .... 34.000 fr.

CHAPITRE XIX.

Distillation des maïs, des seigles, des riz, etc., par le malt.

Nous donnons dans les figures 17, 18 et 19, le plan d'une usine spécialement installée en vue de la distillation des grains par le malt. Nous modifions, du reste, la disposition du matériel, suivant les locaux qui nous sont donnés pour l'établir.

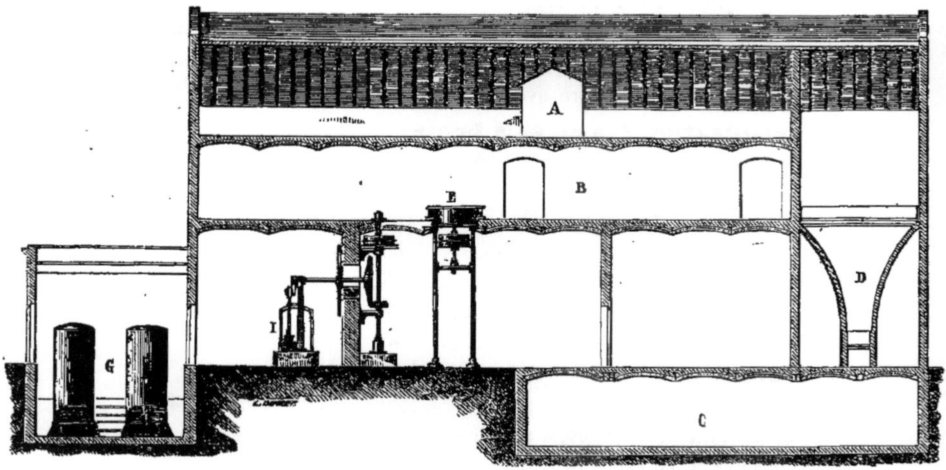

Fig. 17. — Vue en élévation d'une distillerie de grains.

Voici la légende explicative de la vue en élévation :

A. — Le grenier à grains.
B. — Le grenier à farines.
C. — Cave où se fait le malt.
D. — Touraille pour sécher le malt.

Fig. 18. — Local des appareils et de la machine à vapeur.

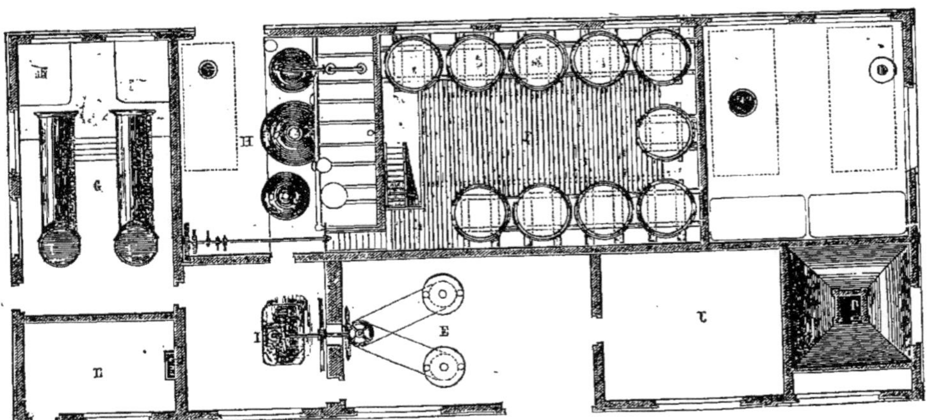

Fig. 19. — Vue en plan d'une distillerie de grains.

Dans la vue en plan, nous trouvons en :

E. — Les deux paires de meules pour moudre les grains.

F. — Le local de fermentation, contenant dix cuves en bois.

G. — Les générateurs : ils sont ici tubulaires ; mais en général, pour les montages lointains, ils se montent à bouilleurs, parce que ce système est très-simple et peu sujet à réparation.

H. — Local des pompes et des appareils de distillation, de production, de genièvre et de rectification.

I. — Machine à vapeur.
J. — Tonnellerie.
K. — Magasin à alcool.
L. — Bureau de la distillerie.

Les distilleries de grains du nord de la France qui se servent de nos appareils, obtiennent d'un mélange de 80 kilog. de seigle et de 20 kilog. de malt, de 30 à 32 litres d'alcool fin rectifié (base de 90 degrés).

Les distilleries de riz obtiennent de 100 kilog., suivant la qualité du riz, 33, 35 et même 38 litres d'alcool fin.

Devis approximatif du matériel d'une distillerie opérant par le malt et travaillant par jour 6,000 kilogrammes de maïs, de seigle, d'orge ou d'autres grains.

1° **Force motrice** :	
Deux générateurs de vapeur de la force de 35 chevaux chacun	10.000 fr.
2° **Moteur** :	
Machine à vapeur de la force de 12 chevaux	5.000
3° **Moulin** :	
Pour la mouture des grains	6.400
4° **Distillation** :	
Une colonne distillatoire Savalle	12.000
Un appareil de rectification des alcools	8.000
5° **Pompes**:	
Une pompe à vin ou jus fermenté, en bronze Une pompe en fonte pour l'eau froide Deux pompes alimentaires	3.500
6° **Macération**:	
Deux macérateurs mécaniques	6.500
7° **Fermentation** :	
Dix cuves en bois, contenant chacune 220 hectolitres (à construire sur place)	» »
A reporter	51.400 fr.

	Report.....	51.400 fr.
8° Réservoirs en tôle :		
Un pour les alcools bruts........................		2.000
Un pour les alcools bon goût...		
Un à eau froide...............................		
Un à jus fermenté		
Un à eau chaude..............................		
9° Robinetterie et tuyauterie, transmission et montages divers..............................		6.600
	Total approximatif..........	60.000 fr.

N. B. Si l'on n'opérait pas dans l'usine la mouture des grains, il y aurait à déduire de ce prix : les moulins, dix chevaux de force du générateur et huit de machine; soit, ensemble, environ 10.000 francs, ci .... 10.000 fr.

La distillation des grains offre de précieuses ressources à l'agriculture; elle forme le travail complémentaire des distilleries de betteraves. En effet, une campagne de betteraves ne dure guère plus de 120 jours; le matériel de la distillerie chaume plus des deux tiers du temps. On obvie à cet inconvénient, en continuant le travail par la distillation des grains. On se procure ainsi l'été des résidus excellents pour le bétail, et qui remplacent à bon compte les fourrages souvent chers et rares à cause de la sécheresse.

Par la distillation des grains achetés au dehors, on apporte à la ferme :

1° Le bénéfice résultant de la production de l'alcool ;

2° Des résidus excellents qui produisent de la viande et des laitages ;

3° Une quantité considérable d'engrais empruntés à la terre qui a fourni le grain.

C'est donc une très-productive opération agricole, qui déjà a été appréciée et qui est appliquée chez plusieurs distillateurs agriculteurs, dont nous avons installé les usines

CHAPITRE XX.

La distillation des grains, des fécules, des résidus de féculeries et de minoteries, des caroubes, etc., etc., par la saccharification acide.

La distillation des grains se trouve parfois entravée par l'impossibilité où l'on est d'utiliser les résidus ou de les vendre pour la nourriture du bétail. Le mieux, dans ce cas, est de les travailler par la saccharification acide, et de vendre les résidus comme engrais ; c'est ce qui se pratique dans plusieurs usines du nord de la France, — la distillation des grains dans ces établissements est un accessoire de la distillation des mélasses — pour utiliser dans les fermentations de ces sirops, les principes de ferments contenus dans les grains et les acides employés à la saccharification.

Certaines usines, à Rouen, travaillent spécialement les riz et les maïs par les acides, quoique par cette méthode les résidus aient une valeur bien moindre que ceux provenant du travail par le malt ; mais il faut prendre en considération que l'opération est plus simple et exige bien moins de main-d'œuvre. En effet, les opérations de la trempe, du maltage, du touraillage se trouvent supprimées ; les grains, au lieu d'être parfaitement réduits en farine, peuvent n'être que concassés seulement.

Ce travail par les acides convient donc parfaitement dans certains cas, et nous le conseillons surtout quand il s'agit de saccharifier des matières dures, difficilement attaquables par le malt, telles que les riz, les maïs, les caroubes, les résidus de féculeries et ceux de minoteries.

Nous donnons ci-dessous le devis d'un matériel pour produire, par ce procédé, 2,000 litres d'alcool par jour, et nous l'accompagnons d'un plan d'installation, pour que nos lecteurs puissent se rendre compte de l'emplacement nécessaire à ce genre d'usine.

Devis approximatif du matériel d'une distillerie saccharifiant par l'acide les grains, fécules ou résidus de féculerie. — Produit journalier, 2,000 litres d'alcool fin.

1° **Force motrice** : — Trois générateurs de vapeur de la force de 50 chevaux, chaque ....Fr.		12.500 »
2° **Moteur** : — Machine à vapeur de 5 chevaux.......		2.000 »
3° **Distillation** : — Une colonne distillatoire munie de son régulateur de vapeur		10.000 »
Un appareil de rectification n° 2, à chaudière en tôle.. .		8.000 »
(Il y aurait, pour une chaudière en cuivre, augmentation de 3,500 francs.)		
4° **Pompes** : — Une pompe à jus fermenté en bronze; Deux pompes en fonte de fer pour eau froide; Deux pompes alimentaires.............		4.000 »
5° **Saccharification** : — Deux cuves de 180 hectolitres, à 3 fr. l'hectolitre ....Fr.	1.080 »	
6° **Saturation** : — Trois cuves de 80 hectolitres, à 3 fr. l'hectolitre.......................	720 »	
7° **Fermentation** : — Six cuves de 130 hectolitres, à 3 fr. l'hectolitre.......................	340 »	4.140 »
8° **Réservoirs en tôle** : — Deux pour les alcools bruts; Un pour les 3/6 bon goût; Un à eau froide; Un à jus fermenté; Un à eau chaude, environ..		1.700 »
9° **Robinetterie, tuyauterie, transmissions et montages divers**..................................		6.600 »
Total...........Fr.		48.940 »

Fig. 20. — Vue en élévation et coupe longitudinale d'une distillerie de grains ou de résidus de féculerie ou de minoterie.

Voici la légende explicative des deux figures :

A. A'. — Cuves de saccharification, solidement établies, où les matières premières sont soumises à l'ébullition en présence d'eau et d'acide sulfurique ou muriatique.

B. B'. — Cuves de saturation, où se déversent les sirops, pour y neutraliser une portion de l'acide qu'ils contiennent et qui serait en trop pour la fermentation. — Cette saturation s'opère au moyen de carbonate de chaux, blanc de Meudon, délayé dans de l'eau.

C. — Réfrigérant placé derrière l'usine, où passent les sirops pour les mettre à la température nécessaire à la fermentation.

D D' D''. — Cuves de fermentation. — Celle-ci s'opère à continu, en coupant les cuves comme dans la distillation des betteraves.

E. — Citerne dans laquelle se déversent les jus fermentés ou vins.

f. — Pompe élevant les vins dans le réservoir supérieur.

G. — Réservoir aux vins, alimentant la colonne distillatoire.

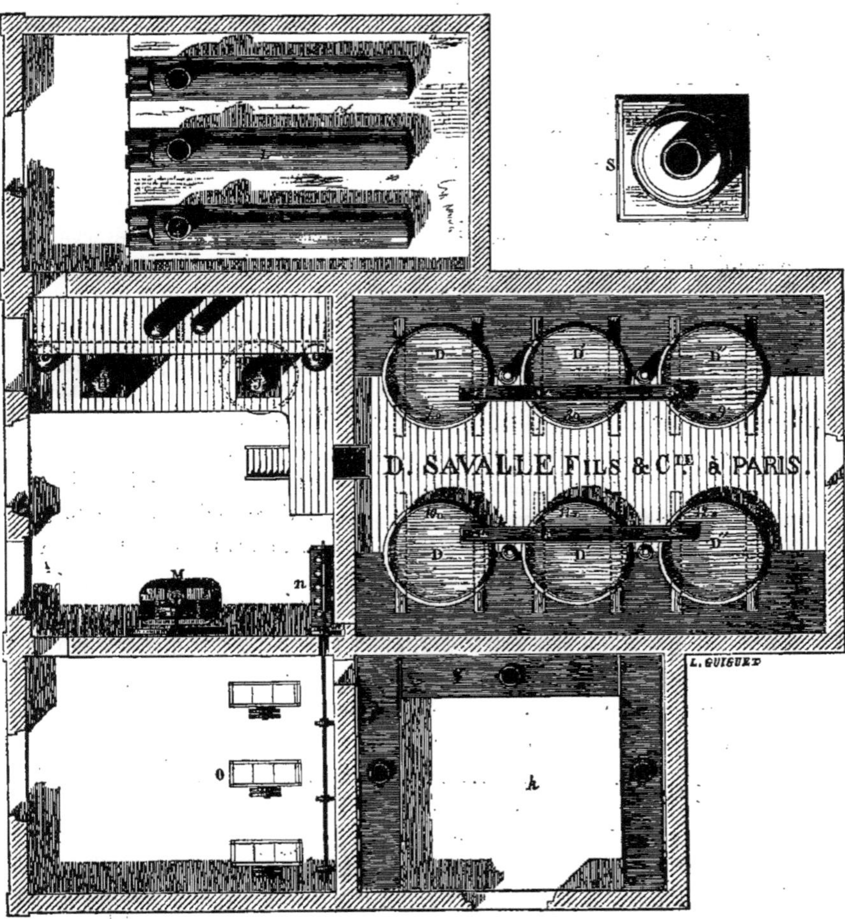

Fig. 21. — Vue en plan d'une distillerie de grains ou de résidus de féculerie et de minoterie.

H. — Colonne distillatoire.
I. — Réservoir à flegmes (ou alcools bruts).
J. — Rectificateur.
k. — Magasin aux alcools fins.
L. — Générateurs de vapeur.
M. — Machine à vapeur.
n. — Pompe alimentaire des générateurs.
m. — Pompes à eau froide et à jus ferme[illegible]

O. — Concasseurs pour les grains.
p. — Réservoir à 3/6 extra-fin.
q. — — — fin.
r. — — — mauvais goût.
S. — Cheminée des générateurs.
T. — Grenier de charge des cuves à saccharifier.
1, 2, 3, 4, 5, 6, — Soupapes d'emplissage des cuves de fermentation.
7, 8, 9, 10, 11, 12. — de vidange des jus fermentés dans la citerne.

M. A. Tilloy-Delaume, distillateur à Courrières (Nord), a enrichi la distillation d'un nouveau procédé dont il s'est réservé la propriété par un brevet. Ce procédé consiste à recueillir les matières azotées que renferment les vinasses de distillation de grains, par l'acide, en faisant couler ces vinasses dans des citernes et en les y laissant au repos pendant plusieurs jours. La majeure partie des substances azotées se précipite, et quand le liquide supérieur s'est éclairci, on le fait décanter.

Le dépôt égouté à l'air d'abord, est déséché ensuite à l'aide de la chaleur. Il se présente sous forme d'une matière pulvérulente de couleur gris noirâtre, presque sèche et dont le transport est conséquemment très-facile.

Plusieurs analyses de ce produit ont été faites par de bons chimistes. — Voici celle à laquelle nous attachons le plus d'importance, parce qu'elle a été faite par un chimiste industriel du Nord très-estimé, M. B. Corenwinder, et qu'elle a été présentée par lui dans un rapport au Comice agricole de Lille.

Eau		8.50
Matières organiques	69.54	
Azote (moyen, deux analyses)	4.26	
	73.80	73.80
Matières minérales		17.70
		100.00

Azote dans 100 parts matière sèche 4.71.

De cette analyse, on peut conclure que l'engrais extrait du maïs a une valeur fertilisante, qui se rapproche de celle des tourteaux de graines oléagineuses qui contiennent souvent moins de 5 0/0 d'azote.

Cet engrais de maïs renferme en outre une proportion très-notable de phosphate et de sel de potasse, éléments qui concourent, avec les substances azotées, à la nutrition des plantes.

L'usine de Courrières a vendu cette année plus d'un million de kilogrammes de ce nouveau résidu; employé pour les betteraves, il a donné d'excellentes récoltes. Tout produit nouveau doit, pour se faire connaître, se vendre à bon marché; l'usine de Courrières a bien compris cela, en ne vendant son nouvel engrais que 15 francs les 100 kilogrammes, quand sa valeur comparée aux autres engrais est de 20 à 25 francs.

Les frais de fabrication s'élèvent à 3 francs les 100 kilogrammes. On obtient par 100 kilogrammes de maïs de 20 à 25 kilogrammes de résidus.

M. A Tilloy-Delaune nous a autorisés à céder, par licences, son procédé à nos clients qui montent des distilleries de grains par l'acide, ainsi qu'aux autres usines de ce genre déjà installées. — Nous donnerons donc à cet égard tous les renseignements qu'on voudra bien nous demander.

Les conclusions de ce chapitre se résument principalement en deux points : Fabrication d'alcools recherchés par leur haute qualité, et production d'engrais riches et abondants. Le devis que nous avons soumis à nos lecteurs n'atteint pas des chiffres tellement élevés, que les agriculteurs puissent craindre d'employer pareil capital dans la construction d'une distillerie annexe de leur ferme. Placé dans cette industrie, il rapportera des bénéfices plus considérables que jeté aux aventures de la Bourse et des affaires de banque. Il profitera à toute la contrée, tout en enrichissant ses propriétaires, et il contribuera largement pour sa part à la prospérité générale du pays.

CHAPITRE XXI.

Distillation de mélasses seules ou mélangées de grains ou de betteraves.

Dans cette notice, où nous parlons un peu de toutes les espèces de distilleries, nous ne pouvons omettre de parler des distilleries de mélasses, qui, à elles seules, fournissent environ un tiers de la production totale de l'alcool.

Nous donnons le plan et le devis du matériel d'une de ces distilleries pour un travail journalier de 10,000 kilogrammes de mélasse, soit une production d'alcool d'environ 2,800 litres.

Depuis l'emploi de l'acide sulfurique bien dosé dans les fermentations, certaines distilleries, convenablement outillées, sont parvenues à élever le rendement de 100 kilog. de mélasses à 28 litres d'alcool fin à 90 degrés. Ces distilleries obtiennent en outre 10 kilog. de potasse.

Un de nos grands industriels du Nord, M. Eugène Porion a fait faire un progrès réel à cette industrie, par l'invention d'un four à potasse très-remarquable. Dans ce four, les vinasses à évaporer sont réduites en poussière, en pluie fine, et cette pluie y est traversée par un courant d'air chaud, provenant presque complétement de la chaleur perdue de l'incinération de la potasse ellemême. Il résulte de cette heureuse disposition une économie d'environ 30 0/0 de combustible.

Voici ce que coûte, dans les usines produisant 5 pipes d'alcool par jour, le travail de 100 kilogrammes de mélasses.

Charbon....................	1 f.	32 c. (1)
Levûre......................	0	56
Ouvriers	0	53
Acide sulfurique.............	0	28
Pipes pour loger l'alcool.....	0	99
Francs	3	68

A ce compte, il faut ajouter les frais généraux, l'intérêt et l'amortissement du capital. Ces éléments sont variables; mais en moyenne, l'intérêt et l'amortissement peuvent être fixés à 63 centimes par 100 kilog. de mélasse, dans une usine produisant au moins 6 pipes d'alcool.

Quant aux frais généraux, ils s'élèvent, pour ce même travail journalier, à 84 centimes. Dans une usine, au contraire, produisant par jour 15 pipes, la somme de 1 fr. 47, représentée par les éléments réunis que nous venons d'examiner, se réduit aussitôt à 56 centimes. Il en est ainsi pour toutes les grandes fabrications et les vastes usines qui seules peuvent faire descendre aussi bas que possible le prix de revient.

(1) La dépense de combustible est diminuée de 30 0/0 par l'emploi du Four Porion.

Comme nous l'avons dit dans un chapitre précédent, on peut faire un travail mixte en saccharifiant des grains par l'acide, et parvenir ainsi à diminuer, pour le travail des mélasses, la dépense de levûre, et supprimer en totalité la dépense relative à l'acide sulfurique.

On peut encore, dans le cas où la situation d'une distillerie de mélasses permet la vente de pulpes pour la nourriture du bétail, opérer le travail mixte de mélasses et de betteraves.

La distillation des mélasses nécessite la dépense de quantités considérables de levûre pour la fermentation et de combustible pour l'évaporation des vinasses; ces distilleries offrent, en outre, le grave inconvénient de livrer au commerce, comme produits chimiques, tous les salins qui devraient retourner à la terre comme engrais.

Nous proposons, comme moyen d'obvier à ces inconvénients, d'annexer aux distilleries de mélasses, la macération des betteraves par les vinasses de mélasses. Nous obtenons par ce travail :

1° La suppression d'une partie de la dépense de levûre pour les fermentations: ces dernières s'opèrent par le ferment contenu dans les betteraves;

2° La suppression d'une part de la dépense du combustible : les sels contenus dans les vinasses se rendent dans les cossettes de betteraves pour y déplacer le sucre, et augmentent la valeur nutritive de ces cossettes;

3° Enfin, nous rendons à l'agriculture des pulpes de betteraves excellentes contenant tous les sels qui lui sont enlevés aujourd'hui.

La dépense de matériel pour ce travail mixte est peu importante; elle se réduit à l'acquisition d'un laveur de betteraves, d'un coupe-racines et de quelques macérateurs, figurés page 55 de cette notice: aussi engageons-nous beaucoup messieurs les distillateurs de mélasses à appliquer ce nouveau système de fabrication.

Si les distillateurs de mélasses n'étaient pas agriculteurs et s'ils tenaient à vendre, d'une part, les pulpes de betteraves, et d'autre part, les sels de potasse contenus dans leurs mélasses, il faudrait qu'ils se servissent, pour extraire le jus des betteraves, de la presse continue du système de M. Collette. Ils auront ainsi des pulpes excellentes et des jus de betteraves parfaits à introduire dans leurs fermentations de mélasses.

Fig. 22. — Vue en élévation d'une distillerie de mélasse pour un travail quotidien de 10,000 kilog, avec production de potasse, par le four de M. Eugène PORION.

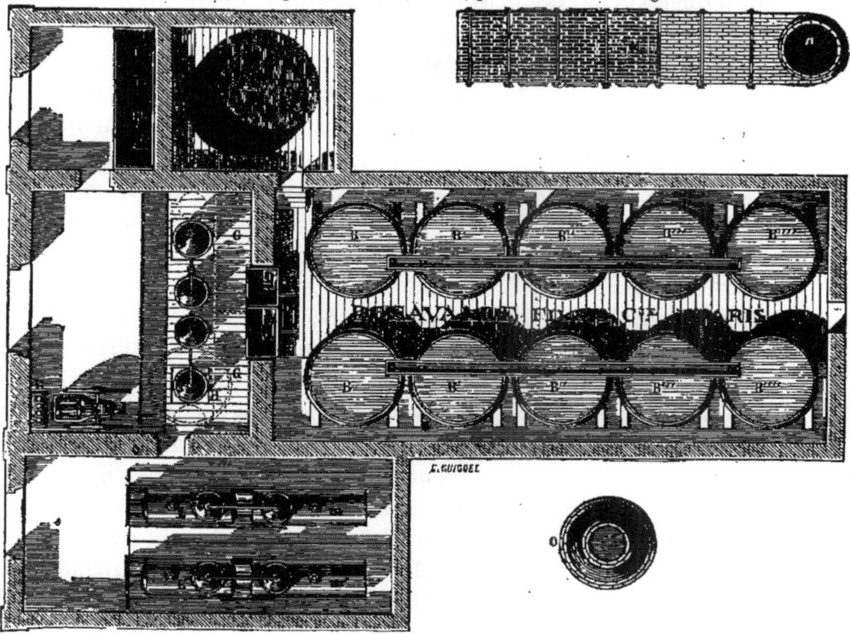

Fig. 23. — Vue en plan de la distillerie de mélasse avec annexe d'un four à potasse, de M. Eug. PORION.

Voici la légende explicative des figures 22 et 23 :

A. — Cuve à mélange, où l'on met la mélasse au point requis pour une bonne fermentation. On la délaye à cet effet avec de l'eau, pour la porter à 5 1/2 degrés du densimètre, et on porte la température du mélange de 24 à 26° centigrades.

C'est aussi dans cette cuve que l'on met l'acide sulfurique nécessaire à la fermentation; le dosage de cet acide diffère suivant le degré d'alcalinité des mélasses.

B, B', B'', etc. — Dix cuves de cent quatre-vingts hectolitres chaque pour la fermentation.

C. — Citerne située sous les cuves, où ces dernières sont réservées pour être distillées.

D. — Réservoir à jus fermentés, pour l'alimentation de la colonne distillatoire.

E. — Réservoir d'eau froide.

F. — Appareil distillatoire, système Savalle, muni de son régulateur de vapeur.

G, G'. — Réservoir à flegmes.

H. — Appareil de rectification.

I. — Réservoir à 3/6 bon goût.

J. — Machine à vapeur.

K. — Pompes.

L, L'. —Deux générateurs semi-tubulaires, système E. Victoor Fourcy et Cie.

M. — Four Porion, pour l'évaporation des vinasses et pour l'incinération des potasses.

N. — Cheminée du four Porion.

O. — Cheminée de l'usine.

CHAPITRE XXII.

Bâtiments tubulaires appliqués à l'érection des distilleries.

Nous avons donné, dans les chapitres précédents, des renseignements nombreux et très-exacts qui suffiront à fixer nos clients sur la dépense nécessitée par l'acquisition du matériel des distilleries. Il nous reste à leur indiquer le choix des bâtiments qu'i faut élever pour loger ce matériel. Cette dépense varie, suivant les matériaux employés et suivant les localités, de 35 à 50 francs par mètre carré de terrain construit ; mais le mieux est de s'adresser en général à un bon architecte au courant des prix des entrepreneurs du pays même.

Dans certains cas, cependant, et notamment pour les distilleries à monter dans les contrées où cette industrie est à implanter pour la première fois, il est préférable de s'en remettre à nous-mêmes ; car nous construisons depuis quelque temps des bâtiments en fonte de fer, dont nous donnons la disposition dans nos gravures 24, 25 et 26. Nous voulons, par ce nouveau système de construction, arriver aux progrès suivants :

1° Édifier plus promptement une usine ;

2° Obtenir des bâtiments légers, solides et parfaitement appropriés aux besoins du travail ;

3° Réaliser une économie notable dans la dépense nécessitée par la tuyauterie habituelle de l'usine ; car les colonnes en fonte formant le bâtiment sont creuses et servent de conduits pour l'eau froide, l'eau chaude et les matières à distiller.

Nos dessins rendent une idée exacte d'un bâtiment construit de ce système. La figure 24 représente la vue extérieure du local des appareils. Cette construction est formée de colonnes de fer en fonte, reliées entre elles par des fers à double T. — Les vides qui existent entre ces fers sont remplis par des briques creuses. Une large fenêtre occupe toute la façade, et deux fenêtres plus petites prennent le jour par les côtés latéraux.

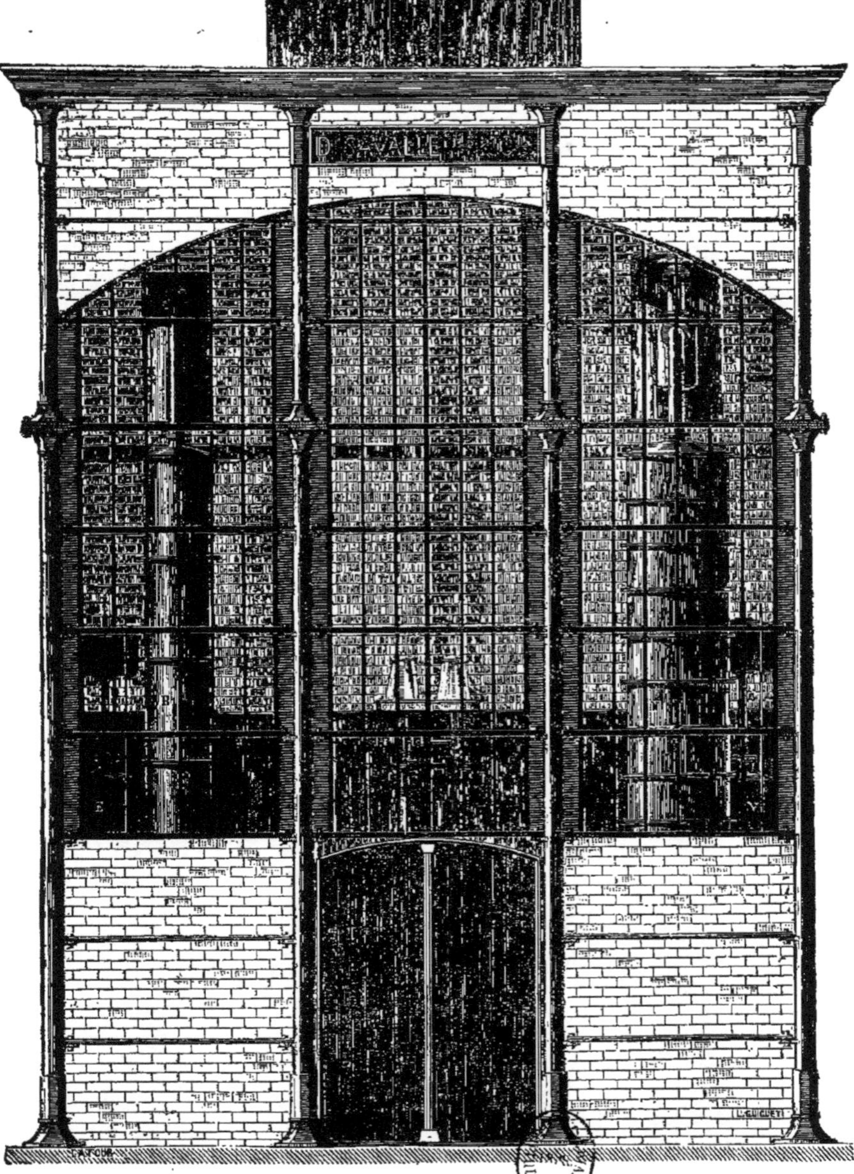

Fig. 24.—Vue extérieure d'un bâtiment à colonnes tubulaires, pour le service d'une distillerie.

Fig. 25. — Coupe transversale d'un bâtiment à colonnes tubulaires pour les distilleries.

La figure 25 donne la coupe transversale de cette usine, avec la vue du rectificateur et d'une des ouvertures latérales.

La figure 26 met sous les yeux du lecteur la vue en plan du local des appareils, ainsi que la vue en coupe des colonnes en fonte qui servent à conduire les liquides.

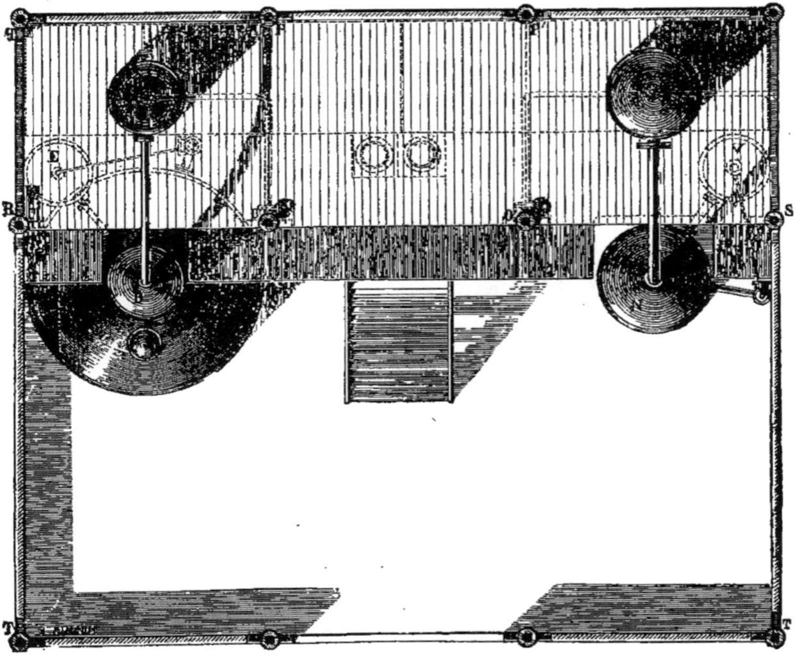

Fig. 26. — Vue en plan d'un bâtiment à colonnes tubulaires pour les distilleries.

Voici la légende explicative de ces trois figures :

A, B, C, D, E. — Rectificateur.
F. — Réservoir à flegmes.
G. — Réservoir à eau froide.
H. — Réservoir à jus fermentés.
N. — Appareil distillatoire.
O. O'. — Colonnes en fonte, servant d'ascension à l'eau froide dans le réservoir G.

O'. — Distributeur de l'eau au réfrigérant et au condenseur du rectificateur.

O'. — Distribution de l'eau froide au réfrigérant de la colonne distillatoire.

P. — Colonne en fonte servant à l'ascension des jus fermentés dans le réservoir supérieur H et à l'alimentation du chauffe-vin de la colonne.

P'. — Colonne servant au trop-plein des jus fermentés du réservoir H.

Q. — Colonne déversant l'eau chaude du réfrigérant de l'appareil distillatoire.

R. — Colonne servant de trop-plein à l'eau froide débordant du réservoir G.

S. — Colonne servant de trop-plein des eaux chaudes du rectificateur.

U. — Colonnes servant de gouttières aux eaux pluviales.

Toutes ces conduites en fonte sont d'un grand diamètre. Elles sont droites et permettent ainsi une vérification intérieure très-facile, une surveillance active et des nettoyages qu'on peut répéter souvent et sans peine.

Ce genre de construction est à la fois expéditif, élégant et très-solide. Il peut s'établir à bon marché, et la durée des matériaux est presque indéfinie.

CHAPITRE XXIII.

Cours moyen des alcools depuis 18 ans à Paris.

Nous avons réuni, dans le tableau synoptique suivant, les prix moyens de l'esprit fin de première qualité à 90 degrés, à la Bourse de Paris, depuis dix-huit ans. Ce document est fort intéressant; car il montre les taux élevés auxquels peuvent atteindre les alcools, et il prouve aussi que les bas prix ne sont que temporaires et qu'ils n'ont jamais cessé d'être rémunérateurs pour le producteur. Ainsi donc, le travail du distillateur bien monté est toujours productif, et bien souvent il donne des profits considérables.

TABLEAU COMPARATIF DES COURS MOYENS DE CHAQUE MOIS DE L'ESPRIT FIN, 1re QUALITÉ, 90°
A LA BOURSE DE PARIS, DEPUIS 18 ANS

ANNÉES	JANVIER	FÉVRIER	MARS	AVRIL	MAI	JUIN	JUILLET	AOUT	SEPTEMBRE	OCTOBRE	NOVEMBRE	DÉCEMBRE	PRIX MOYEN des 18 ANNÉES
1852	61 75	73 20	71 50	71 55	78 85	76 30	91 70	96 35	91 65	108 55	123 55	122 40	8 94
1853	119 05	116 30	107 70	108 15	99 50	97 25	119 90	128 70	171 35	162 50	171 20	186 80	132 36
1854	180 20	159 60	142 45	134 75	135 06	167 84	178 67	186 16	175 42	171 30	167 88	158 84	163 18
1855	132 21	129 33	131 66	129 54	128 88	127 11	124 37	127 84	121 20	113 85	109 64	110 90	128 87
1856	107 65	101 85	97 45	108 »	108 65	119 75	143 90	148 65	129 60	135 70	139 75	136 85	125 64
1857	126 70	121 70	122 70	123 25	119 50	111 75	114 85	108 45	105 85	107 95	78 18	73 07	109 49
1858	63 86	60 25	58 76	53 42	50 48	55 07	53 70	54 59	51 69	49 78	59 68	65 54	57 23
1859	67 90	69 13	67 90	67 60	83 67	93 68	86 04	85 56	94 81	105 84	103 36	92 87	84 86
1860	88 10	92 80	111 11	105 72	107 12	105 08	96 42	99 14	104 18	103 40	98 34	96 78	100 68
1861	103 57	101 47	101 55	104 67	101 79	93 66	88 85	87 27	89 70	87 16	78 80	71 16	92 47
1862	75 19	75 60	74 31	75 63	66 63	68 52	73 50	79 22	82 21	74 83	67 57	62 73	72 99
1863	66 55	63 83	63 71	63 30	64 78	64 48	66 51	80 44	73 09	70 12	73 50	80 07	69 20
1864	81 54	74 96	73 82	73 38	75 12	69 01	62 95	68 85	76 95	70 68	61 17	62 55	70 91
1865	60 74	52 81	52 61	52 58	53 41	55 82	56 59	51 12	48 97	49 37	44 81	43 40	51 85
1866	43 16	44 71	47 90	51 38	53 48	53 71	56 01	47 95	60 63	60 03	60 37	60 34	53 30
1867	62 87	60 56	59 63	63 55	59 65	59 19	64 67	65 42	67 19	67 31	61 40	63 97	63 20
1868	64 54	70 04	79 46	85 14	86 17	82 90	72 05	72 32	74 69	72 06	76 00	74 50	75 77
1869	69 05	69 00	69 50	70 00	66 75	66 00	64 30	63 50	64 09	65 00	59 25	55 70	65 38
Prix moyen des mois	87 48	85 40	85 20	85 44	85 43	87 06	89 73	91 75	93 48	93 07	90 80	89 91	89 22

Le prix moyen des 18 années est de 89 fr. 22 c.

Il résulte de ce document que, durant dix-huit ans (de 1852 à 1869), le prix moyen de l'hectolitre d'alcool a été de 89 fr. 22 c.;

de 1852 à 1857, les cours ont atteint des taux très-élevés, qui ont failli toucher en août 1854 à 200 francs. En 1858 et en 1859, les prix ont subitement baissé dans une proportion très-forte ; ils se sont raffermis en 1860 et 1861, pour revenir dans les années suivantes à des chiffres moins élevés, mais toujours très-rémunérateurs pour le producteur et le fisc, dont l'impôt sur l'alcool forme une des branches les plus importantes. Depuis 1860, malgré la concurrence directe et presque protégée que nos 3/6 nationaux ont eu à subir par l'invasion sur nos marchés des 3/6 allemands, les prix ont d'abord descendu à des taux assez bas ; mais bientôt ils ont remonté, et depuis trois ans, grâce aux progrès accomplis par nos distillateurs, qui s'étaient laissés devancer par les étrangers dans le renouvellement de leur outillage, et grâce à leurs hautes qualités, nos 3/6 luttent avec succès contre les produits étrangers.

De toutes nos industries, celle des alcools est la plus florissante ; car elle a toujours su résister aux désastres politiques ou économiques qui ont tant d'influence, malheureusement, sur la plupart de nos fabriques indigènes. De toutes les industries aussi, c'est elle qui peut le plus pour la prospérité agricole de la France. Elle n'épuise point les terres ; car elle leur rend des engrais abondants, et sa générosité est extrême, puisqu'elle donne encore un produit dont l'industrie et la consommation humaine ne peuvent pas se passer.

CHAPITRE XXIV.

Renseignements divers.
Distilleries où l'on peut se renseigner.

Nos lecteurs voudront bien nous permettre de leur faire quelques recommandations utiles. On ne saurait trop répéter aux propriétaires, par exemple, d'être d'une sévérité excessive pour défendre l'emploi des lumières portatives dans les locaux des appareils, ainsi que dans les magasins où l'on garde les alcools. Les accidents sont rares; mais quand un sinistre arrive, il est toujours affligeant de constater qu'il est survenu par imprudence ou incurie.

Nous allons aussi indiquer une précaution bonne à prendre pour essayer les appareils tous les trois mois, afin de s'assurer de leur état parfait et remédier aux pertes de temps causées par les démontages partiels.

Aujourd'hui une distillerie se monte. Elle a des appareils neufs, solides et étanches. Ils fonctionnent pendant un certain nombre d'années; ils passent même en différentes mains. Eh bien, il survient un moment où le matériel s'use et où, réellement, il est dangereux de s'en servir. Extérieurement, aucune défectuosité n'apparaît; mais à l'intérieur, il n'en est pas de même; car les métaux sont rongés et n'offrent plus une résistance suffisante. Le moyen de vérifier le bon état d'un rectificateur est très-simple; pour le mettre à exécution, peu de chose suffit. Il faut agir de la façon suivante: emplir d'eau froide la chaudière, mettre de l'eau dans la colonne jusqu'à deux ou trois mètres d'élévation. Les appareils sont ainsi soumis à une pression hydraulique supérieure à celle qu'ils ont à supporter pendant le travail. S'il existe chez eux une partie faible, immédiatement elle apparaîtra, et sans accident, car de l'eau froide seule jaillira.

Nous conseillons aux distillateurs, non-seulement de faire subir cette épreuve si simple aux anciens appareils, mais encore de la répéter tous les trois mois dans les usines neuves. C'est l'affaire de quelques heures ; elle n'entraîne aucun frais et elle a l'avantage énorme de garantir une marche régulière et à l'abri de tout accident.

Les personnes qui désirent avoir des renseignements sur les distilleries agricoles montées par notre maison, en trouveront de beaux spécimens, en France chez M. Alfred Pennelier, à Laneuville-Roy (Oise); chez M. Chatriot-Wallet, près Saint-Just-en-Chaussée (Seine-et-Oise) ; chez M. Charles Legrand, propriétaire, agriculteur à Sassy, par Vendœuvre-Jort (Calvados). Les alcools excellents de cette dernière maison se vendent sur les places de Caen et de Rouen avec prime de 4 et 5 francs en plus du cours de la Bourse de Paris, et ils ont remporté la médaille d'or à l'Exposition internationale du Havre, en 1868.

En Autriche, nos futurs clients pourront se renseigner sur le travail des usines, chez M. Karl Leidenfrost, qui nous a confié l'érection de sa première distillerie agricole à Gëne, en 1866, et de la seconde, plus puissante, qu'il a créée à Kalna en 1867. Les 3/6 de ces deux usines se livrent à Vienne, et sont recherchés à des prix de faveur.

Messieurs les agriculteurs autrichiens pourront encore se renseigner auprès de MM. Karl Kammel et Cie, fabricants de sucre et distillateurs à Grusbach (Moravie) et de M. J. Latzel, fabricant de sucre, raffineur et distillateur à Bartzdorf, par Breslau et Otmachau.

En Angleterre, les distillateurs seront très-bien reçus par M. Robert Campbell, ancien membre du Parlement, agriculteur à Buscot-Park, par Faringdon (Berkshire). Cet établissement est une usine modèle, sur laquelle nos clients trouveront des renseignements exacts à l'office de notre maison, à Londres, 10, Basinghall street City, en s'adressant à notre représentant, M. Jacques Barral.

CHAPITRE XXV.

Conclusions.

Nous devons ajouter à ces renseignements, que pour les distilleries situées à l'étranger, et pour celles de France qui nous en feraient la demande, nous procurons des hommes parfaitement au courant de la mise en train de nos appareils; nous en procurons aussi pour la mise en train de toutes les distilleries de betteraves que nous montons; ces derniers connaissent à fond la macération et la fermentation.

Nous nous chargeons de la fourniture du plan général de toutes les distilleries où l'on voudra employer nos appareils, soit pour distiller les betteraves, les mélasses, les grains, les vins, ou toutes autres matières; nous établirons ces plans appropriés aux locaux dont on pourrait disposer.

Désireux de répondre aux besoins de l'agriculture et de l'industrie, et de faciliter l'acquisition d'un outillage devenu indispensable par les luttes de la concurrence, nous serons toujours disposés à accorder à nos clients toutes les facilités raisonnables.

Nous pourrions mettre sous les yeux de nos lecteurs les nombreuses attestations que nous adressent nos clients, pour nous exprimer leur satisfaction ; mais la lecture de ces documents précieux serait fatigante, et nous nous contentons d'en extraire les quatre suivants, qui émanent d'hommes considérables, qui ont acquis une juste réputation dans les branches diverses de la distillation industrielle, de la distillation agricole et de la distillation vinicole. La première de ces lettres est écrite par M. Léon Crespel, propriétaire d'une des plus fortes usines du Nord, qui travaille par campagne 25 millions de kilogrammes de betteraves. Cette usine possède deux rectificateurs de notre système.

Quesnoy-sur-Deule, près Lille (Nord), le 16 novembre 1869.

MM. D. Savalle fils et Cie, à Paris.

L'appareil à rectifier avec colonne de $1^m,05$, que vous nous avez fourni cette année, marche admirablement bien et nous en sommes très-contents; il nous donne, et au delà, les quantités annoncées dans notre marché. Une heure après la mise en marche, nous obtenions, à la première opération, des alcools extra-fins, et depuis, nous avons toujours fabriqué des alcools qui sont recherchés sur les places de Paris et Lille.

Vous pourrez dire à toutes personnes désireuses de voir fonctionner votre appareil, qu'elles ont porte ouverte chez nous, quand elles voudront, et elles pourront alors s'assurer elles-mêmes de la vérité, et se convaincront que votre appareil est admirable, tant par la grande production que par la qualité, et la régularité dans la marche.

Agréez, Messieurs, nos salutations amicales.

Léon Crespel et Cie.

La seconde attestation que nous voulons faire connaître à nos lecteurs nous a été écrite par M. Durand, habile agriculteur et maire de son pays :

Bornel, le 3 novembre 1868.

A MM. D. Savalle fils et Cie, avenue de l'Impératrice, à Paris.

Je me fais un plaisir de vous informer que les deux appareils à rectifier que vous avez montés chez moi, le premier à Ivry-le-Temple, en 1867; le second à Bornel, en 1868, fonctionnent parfaitement et qu'ils ne laissent rien à désirer. Les 3/6 que nous en obtenons sont excellents. Le procédé de neutralisation des acides que vous nous avez indiqué réussit très-bien. Enfin, je suis très-satisfait de votre distributeur de betteraves dans les macérateurs; il économise un homme, tout en faisant l'ouvrage infiniment mieux. En effet, la cossette est déposée avec une légèreté que la main de l'ouvrier le plus habile ne saurait remplacer. Je vous autorise à faire tel emploi que vous jugerez convenable de cette attestation.

Veuillez agréer, etc.

DURAND,

Cultivateur à Bornel et à Ivry-le-Temple, par Méru (Oise).

La troisième est l'extrait textuel du rapport fait à l'assemblée générale des actionnaires de la Société anonyme *Actien-Fabrikshof* à Temeswar (Hongrie).

Zu diesem günstigen Ergebnisse trug nicht wenig der von uns — in Ausführung einer diesfælligen Bestimmung der Statuten — in den letzten Tagen des Monates Juni in Betrieb gesetzte Spiritus-Rectificir-Apparat bei. Nach genauer Erwægung aller Umstænde, welche hier in Betracht kommen, haben wir uns dafür entschieden, den genannten Apparat aus dem berühmten Etablissement D. Savalle fils et C° in Paris zu beziehen, und mit Befriedigung kœnnen wir Ihnen mittheilen, dass unsere Erwartungen in jeder Hinsicht erfüllt wurden, indem wir nicht nur einen hier unübertroffenen hochfeinen Sprit erzeugen, der sich bereits den Beifall aller Kenner erworben hat, sondern es entspricht auch die Ausbeute den Anforderungen, die man an einen derartigen Apparat knüpfen kann.

La quatrième émane d'un grand propriétaire et industriel d'Espagne. Elle a été adressée à M. Saavedra, banquier à Paris, qui a bien voulu nous la communiquer, et nous en extrayons le passage suivant :

Albacete (Espagne), janvier 1869.

.... Dites à MM. Savalle et Cie que leur appareil est merveilleux, et que tous les industriels de notre pays sont en admiration devant les résultats qu'il donne. Je suis certain qu'ils en placeront beaucoup en Espagne; car de tous les côtés on accourt pour le voir fonctionner....

Joaquin de LA GANDARA,

Directeur du chemin de fer de Saragosse.

Ces attestations qui nous parviennent de pays différents, parlent assez haut en notre faveur, pour que nous n'ayons pas besoin d'ajouter de nouveaux commentaires à ces faits que nous enregistrons avec une vive satisfaction.

D. SAVALLE FILS ET CIE,

64, avenue de l'Impératrice, à Paris.

TABLE DES MATIÈRES

TABLE DES GRAVURES

IMPRIMERIE CENTRALE DES CHEMINS DE FER. — A. CHAIX ET Ce RUE BERGÈRE. 20. A PARIS. — 2138-0.

D. SAVALLE FILS ET Cie, A PARIS

Fig. 25.—Coupe transversale d'un bâtiment à colonnes tubulaires pour les distilleries.

IMPRIMERIE CENTRALE DES CHEMINS DE FER. — A. CHAIX ET Cie, RUE BERGÈRE, 20, A PARIS. — 2140-0.

www.ingramcontent.com/pod-product-compliance
Ingram Content Group UK Ltd.
Pitfield, Milton Keynes, MK11 3LW, UK
UKHW021926230726
13925UKWH00007B/1153